Caravana de Amor

FRANCISCO CÂNDIDO XAVIER
ESPÍRITOS DIVERSOS
HÉRCIO MARCOS C. ARANTES

Diagramação: *Vivaldo da Cunha Borges*

Capa : *César França de Oliveira*

Ilustrações internas: Cláudio de Oliveira Santos

8ª edição – 37.501 ao 38.500 exemplares – maio/2009

FICHA CATALOGRÁFICA

(Preparada na Editora)

Xavier, Francisco Cândido, 1910-2002.

X19c Caravana de Amor / Francisco Cândido Xavier, Espíritos Diversos, Hércio Marcos Cintra Arantes. Prefácio de Emmanuel. Araras, SP, 8ª edição, IDE, 2009.

128 p.: 14 il.

ISBN 978-85-7341-420-2

1. Espiritismo 2. Psicografia I. Espíritos Diversos. II. Arantes, Hércio Marcos Cintra, 1937- III. Título.

CDD -133.9
-133.91
-133.901 3

Índices para catálogo sistemático:

1. Espiritismo 133.9
2. Psicografia: Cartas: Espiritismo 133.91
3. Vida depois da morte: Espiritismo 133.901 3

INSTITUTO DE DIFUSÃO ESPÍRITA
Av. Otto Barreto, 1067 - Caixa Postal 110
CEP 13602-970 - Araras - SP - Brasil
Fone (19) 3541-0077 - Fax (19) 3541-0966
C.G.C. (MF) 44.220.101/0001-43
Inscrição Estadual 182.010.405.118

www.ide.org.br
info@ide.org.br
vendas@ide.org.br

ÍNDICE

ÍNDICE DAS ILUSTRAÇÕES

CARAVANA DE AMOR

Leitor amigo.

Quantos corações encontres neste livro constituem uma caravana — a caravana do amor que vence a morte.

*

Aqui identificamos entes amados que alinham notícias da renovação diferente que foram chamados a viver; almas abençoadas que volvem de longe, consolando aos que ficaram no mundo físico; seres inesquecíveis que ressurgem do nevoeiro da Grande Mudança, evidenciando a continuidade de suas aspirações e ideais na Vida Maior; espíritos abnegados que desenvolvem notas e instruções para os familiares, que aguardarão, um dia, no Mais Além, entre a saudade e a esperança. . .

*

Observa, prezado leitor, os companheiros que desfilam neste volume despretensioso e reconhecerás que nos achamos à frente de uma caravana de viajores queridos, movida pela fé em Jesus, que retorna ao campo físico para reafirmar que o amor nunca morre e que a alma é imortal.

Emmanuel

Uberaba, 8 de junho de 1985.

CAPÍTULO 1

SONHOS E PREMONIÇÕES DE UM MOTOQUEIRO

Três meses após um acidente fatal com sua moto, o jovem Paulo Rogério Saragoça regressou do Além, pela psicografia de Chico Xavier.

Nessa longa carta mediúnica, ao explicar com detalhes sobre os sonhos vivenciados e as idéias que o apossaram pouco tempo antes da desencarnação, e que lhe deram a plena convicção de viver seus últimos dias na Terra, suas palavras não causaram grande surpresa aos familiares. Isso porque essa notável premonição — que confirma uma desencarnação precoce programada pelo Mais Alto, obedecendo ditames da Justiça Divina — transpareceu em diálogos de Paulo Rogério com vários amigos e com sua irmã Luzia. Ainda mais, semanas antes do acidente que vitimou o jovem motoqueiro, sua mãe e a irmã Luzia receberam, sem nenhum motivo aparente, avisos de uma perda iminente de ente querido, através de intuições (numa delas, Luzia chegou a ter crise de choro após clara intuição) e sonhos, sendo que o tema central da maioria desses sonhos era acidente de moto, envolvendo sempre Paulo Rogério.

Como vemos, através de avisos de Benfeitores Es-

Paulo Rogério Saragoça

pirituais, refletindo a Misericórdia Divina, essas premonições prepararam os corações de toda a família, amortecendo o duro impacto da separação brusca.

*

Se, na primeira carta, Paulo Rogério narra seus sonhos premonitórios, na segunda ele confirma a transmissão de um importante recado a sua mãe, por intermédio de dois familiares, também através de sonhos, que chamaremos de *reais,* isto é, com intercâmbio real entre encarnados (durante o sono físico) e desencarnados.

Eis as cartas do valoroso motoqueiro:

Querida Mãezinha Marlene e querido papai Francisco, peço-lhes me abençoem.

Estou aqui sob a tutela da Vovó Carmen, a benfeitora que me descerrou a visão para a vida nova que o acidente me compeliu a encontrar.

Estou surpreendido, baratinado. . . Uma sala povoada de amigos que não conheço e que, acredito, igualmente não me conhecem, me concede a oportunidade de escrever estas notícias para a família. Não consigo explicar a mim mesmo o prodígio de que me reconheço objeto, porque habituado à querida motolândia, não me preparei a fim de usar papel e lápis da gentileza de outras pessoas, conquanto pessoas simpáticas e amigas, para tratar de nossos assuntos.

Não sei muito, mas creio que devo começar por pedir-lhes não me lastimarem o regresso à Vida Espiritual, em que estou adentrando. A moto não foi a ponte para o salto a que me entreguei, de um mundo para outro. Não me suponham, porém, capaz de haver dado semelhante guinada por mim próprio. A verdade é que, no íntimo, pressentia o término de minha permanência no corpo... Aquilo era uma fixação. Sonhava que fora transportado a mundo diferente do nosso; despertava, cada manhã, na idéia de que trazia na cabeça vozes que me chamavam para a grande transformação; e, pouco a pouco, a certeza de que me achava em véspera de me desvencilhar do corpor físico, tomou conta de mim...

A moto era meu sonho realizado...

Estimava correr qual se estivesse voando e respirava o ar batido pela máquina, como quem havia encontrado caminhos sem poluição... Imaginava-me ganhando competições amistosas, e queria o troféu dos vencedores, para mostrar que o meu cavalo de nervos feitos de aço era o mais resistente...

Embora isso, a idéia de morrer não era paixão que possuísse.

Queria vida e mais vida; no entanto, lá no fundo de mim próprio, aquele pressentimento me obcecava... Nos momentos que me antecederam a queda, conversei longamente com a Marta, e falava-lhe de meus estados contraditórios e a estimada amiguinha tentava me buscar para a realidade. Que fazer, porém, se a presciência do meu fracasso de motoqueiro estava incrustrada dentro de mim?

Preparei-me para mais um ensaio competitivo com os amigos; no entanto, mal sabia que permanecendo no caminho direito, enquanto os meus companheiros tomavam outra pista, fui talvez por isso alcançado, de leve, por um toque do caminhão enorme que passava por nós, acostando-se ligeiramente em mim... Bastou esse leve tocar de máquinas e me vi arremessado à distância... Arremessado e caído numa fase de angústia que passou em momentos... Um torpor me invadiu o cérebro, impedindo-me raciocinar e o resto não me ficou na memória.

Posso, no entanto, garantir aos pais queridos que o

Antônio amigo não teve qualquer participação no acontecimento. Não estávamos assim tão juntos, no momento de nossa arrancada, como o serviço de fofocagem quis espalhar. Antônio foi sempre a alegria e o encorajamento de nossa turma e seria incapaz de me deslocar fora de tempo; o problema é que deveria enfrentar a libertação de meu corpo jovem que tanto desejaria ter conservado e havia soado para mim. . . "a hora última".

Motos, carros, ônibus de todas as modalidades, carretas, comboios, bicicletas e veículo algum guardam a culpa do que sucede aos respectivos usuários. . . Mãezinha Marlene, auxilie-me com os seus pensamentos de conformação e de paz. Do sono pesado em que me mostrei, fui acordado pela criatura maravilhosa que me ensinou a chamá-la por Vovó Carmen e surpreendeu-me ao declarar que me queria e me quer bem, tanto quanto a carregou no colo em criança; e sob o amparo desse anjo bom, em forma de parenta e mulher, vou atravessando os dias novos.

Peço aos queridos pais não se entristecerem por minha causa. Lembremo-nos das queridas irmãs Luzia e Andréa que precisam de amor e proteção qual me acontecia.

Espero que me perdoem se fui tão gamado com a minha moto, colocando-a acima de qualquer garota que me oferecesse ocasião para um pedaço de sonho. . . Ainda não sei por que me agarrei tanto à máquina que sempre me foi favorita, mas a Vovó Carmen me esclarece que todo aquele entusiasmo era o anseio de conquistar o espaço e transitar pelos céus. Creio que a minha avó tem razão, embora continue com as minhas fantasias preso à necessidade de caminhar, chumbado à terra ou chumbado ao chão de matéria diferente que nos sustenta aqui a paisagem.

Querida Mamãe e querido Papai Francisco, perdoem-me e queiram-me bem como sempre. Envio um abraço às irmãs queridas, e um alô à turma de companheiros. Não posso escrever mais.

Ainda não disponho de força bastante para fazer o meu pensamento caminhar no papel; entretanto, o meu coração está repleto de amor e do reconhecimento com que os tenho comigo, lá no fundo de minhas idéias de rapaz que não chegou a ser o filho esperado. Creiam, no entanto, que melhorarei e um dia lhes serei útil, na disciplina necessária do filho servidor em que os pais amigos se continuam.

Pedindo-lhes o auxílio do otimismo de que necessito a fim de reviver por aqui, sem frustrações e sem arrependimentos tardios, reúno-os num só abraço, entregando-lhes todo o carinho que sou capaz de sentir, com as muitas saudades e as muitas esperanças do filho reconhecido,

Paulo Rogério Saragoça.

Notas e Identificações

1 - Psicografia de Francisco Cândido Xavier, em reunião pública do Grupo Espírita da Prece (GEP), Uberaba, MG, na noite de 17/2/1984.

2 - *Marlene e Francisco* — Marlene Barchetta Saragoça e Francisco Saragoça, seus pais, residentes em São Paulo, Capital.

3 - *Vovó Carmen* — Carmen Picon Rosa, bisavó materna, desencarnada em 15/12/1956.

4 - *Sonhava que fora transportado a mundo diferente do nosso;* — Os sonhos são estudados com profundidade na literatura espírita, e dentro da qual destacaremos: *O Livro dos Espíritos,* Allan Kardec, Cap. 8, Segunda Parte; *Evolução em Dois Mundos,* André Luiz, F.C. Xavier e

W. Vieira, FEB, Cap. 17, Primeira Parte; *Conduta Espírita,* André Luiz, W. Vieira, FEB, Cap. 30; *O Consolador,* Emmanuel, F.C. Xavier, FEB, § 49.

5 - *despertava, cada manhã, na idéia de que trazia na cabeça vozes que me chamavam para a grande transformação; e, pouco a pouco, a certeza de que me achava em véspera de me desvencilhar do corpo físico, tomou conta de mim. . .* — "Muito freqüentemente o homem tem pressentimento do seu fim (. . .). Esse pressentimento lhe vem dos seus Espíritos protetores que querem adverti-lo a estar pronto para partir, ou que levantam sua coragem nos momentos em que lhe é mais necessária." (*O Livro dos Espíritos,* Allan Kardec, IDE, Questão 857.)

6 - *Marta* — Namorada.

7 - *Posso garantir aos pais queridos que o Antônio amigo não teve qualquer participação no acontecimento.* — Explicou-nos sua irmã Luzia: "Correu o boato de que Antônio, um dos seus amigos, havia empurrado Rogério de sua moto, o que provocou desespero em nossa família." Nesse particular, portanto, a carta mediúnica promoveu muita paz no seio da família Saragoça.

8 - *Luzia e Andréa* — Irmãs.

9 - *chumbado ao chão de matéria diferente que nos sustenta aqui a paisagem.* — "(. . .) e onde o Espírito estiver situado pela sua identidade vibratória, seja onde for nesse vasto espaço magnético, sob seus pés terá terra firme e sobre sua cabeça céu aberto, já que seus sentidos não estarão aptos para perceberem as esferas que lhe estão acima." (*Cidade no Além,* F.C. Xavier, Heigorina Cunha, Espíritos André Luiz e Lucius, Salvador Gentile, IDE, 5a. ed., p. 70.)

10 - *Paulo Rogério Saragoça* — Nasceu em São Paulo, a 23/10/1964, e desencarnou nessa mesma Capital, a 19/11/1983.

SEGUNDA CARTA

Querida Mãezinha Marlene, abençoe-me, em conjunto com meu pai que está constantemente em meu coração.

Sei que a saudade lhe afligiu a tal ponto, que foi preciso movimentar-me para doar, em suposto sonho, as minhas notícias à querida Guiomar e à nossa prezada Marli, comunicando a elas o meu desejo de falar-lhe pessoalmente.

Querida Mãezinha Marlene, as saudades são nossas. Podemos gravar noticiários numerosos e comentar as novidades do nosso plano de ação; no entanto, finda a leitura do que escrevêssemos, as saudades permaneceriam intactas, como acontece nesse momento.

Agora posso dizer-lhes que o Douglas é um companheiro dedicado para mim e que o Tio Vitório chegou sem alterações à Vida Espiritual.

Estou mais afinado com os imperativos de reeducação e refazimento no recanto em que me localizaram e já não me anima qualquer destaque para a moto que me serviu de veículo para o retorno, porque estou em contato com aparelhos diferentes que me tomam a atenção. Ontem foi a moto veloz e amiga, e agora são as asas superiores às asas Delta que me possuem o interior pelos estudos.

Peço seja dito à Marta, a querida namoradinha, que formulo votos a Deus para que a vejamos plenamente feliz. Não seria possível que ela se escravizasse à minha memória, quando pode se confiar a benfazejas realizações e rogo a ela não me considere indiferente. Acontece que ela é justamente a menina correta e nobre que conhecemos na vida física e sou eu atualmente um residente da Vida Espiritual. Seria exigir demais que ela se entregasse a uma existência de luta e lágrimas por minha causa, pois não é isso que sonhávamos e tenho a satisfação de sabê-la tentando esquecer os nossos planos frustrados por minha desencarnação, buscando respirar na direção de horizontes outros, nos quais encontrará a felicidade que faz por merecer.

Continuo sob o patrocínio de minha avó Carmen, mas estou emplumando novos sonhos para meu trabalho na Vida Maior.

Mãezinha, peço-lhe distribuir as minhas lembranças com as irmãs queridas, agradecendo especialmente à nossa Andréa as lembranças e preces com que me reconforta.

Mãezinha, com meu pai, receba os meus votos de saúde e felicidade, e incluindo todos os nossos corações amigos no cofre de meus abraços e votos fraternos pela felicidade de todos, e confirmando-lhe ao coração materno que estou firme em todas as nossas comemorações de aniversário, beija-lhe a fronte querida o seu filho, que se reconhece, sempre mais seu,

Paulo Rogério Saragoça.

Notas e Identificações

11 - Psicografia de Francisco C. Xavier, em reunião pública do GEP, Uberaba, a 19/10/1984.

12 - *foi preciso movimentar-me para doar, em suposto sonho, as minhas notícias à querida Guiomar e à nossa prezada Marli, comunicando a elas o meu desejo de falar-lhe pessoalmente.* — Guiomar Saragoça Ramos, tia paterna, e Marli Ramos, prima paterna, sonharam com Rogério, que lhes pediu transmitir o seguinte recado à sua mãe: ele queria falar-lhe através de uma mensagem e

para tal realização, procurasse novamente o médium Chico Xavier.

13 - *Douglas* — Douglas dos Santos Teco, amigo desencarnado no mesmo dia do passamento de Paulo Rogério, 19/11/1983, também em acidente de moto.

14 - *Tio Vitório* — Vitório Barchetta, tio materno, também desencarnado na mesma data do falecimento de Paulo Rogério, de grave enfermidade.

15 - *estou em contato com aparelhos diferentes que me tomam a atenção. Ontem foi a moto veloz e amiga, e agora são as asas superiores às asas Delta que me possuem o interior pelos estudos.* — O Espírito de André Luiz, em alguns de seus livros, psicografados por Francisco Cândido Xavier, nos dá notícias de velozes veículos aéreos ("aeróbus", "máquina voadora", "carro voador", "automóvel de asas") muito utilizados nos vários planos espirituais que circundam o nosso planeta. (Ver *Nosso Lar,* FEB, cap. 10; *Os Mensageiros,* FEB, cap. 19 e 33; e *E a Vida Continua. . .,* FEB, cap. 13, 21 e 26.) Ver também *Memórias de um Suicida* (Obra Mediúnica), FEB, Yvonne A. Pereira, Primeira Parte, Cap. II.

16 - *tenho a satisfação de sabê-la tentando esquecer os nossos planos frustrados (. . .) buscando horizontes outros, nos quais encontrará a felicidade.* — De fato, sua ex-namorada já se casou.

17 - *e confirmando-lhe ao coração materno que estou firme em todas as nossas comemorações de aniversário* — Esta Segunda Carta foi redigida na data de aniversário de sua mãe, e o natalício de Paulo Rogério seria comemorado dias depois, a 23/10.

CAPÍTULO 2

IMPRUDÊNCIA E DESTINO

Quando, em companhia de dois amigos, assentados num galho de árvore, que se debruçava sobre o Rio Pardo, em Ribeirão Preto, SP, o jovem Candinho resolveu saltar de ponta-cabeça, nunca poderia imaginar que estava mudando totalmente a rota de seu destino. Pois esse salto, mal calculado, permitiu que sua cabeça atingisse, com violência, o fundo arenoso do rio, ocasionando fraturas na região da nuca (coluna cervical), com conseqüente rotura completa da medula nervosa, que provocou, de imediato, paralisia total dos braços e pernas.

A partir desse momento, no dia 21 de agosto de 1982, Candinho sofreu muito, submetendo-se a tratamento intensivo, inclusive cirurgia, superando complicações várias, que representaram lutas dolorosas para ele e sua família.

Porém, sete meses após o acidente, surgiu outra complicação numa das pernas, a gravíssima gangrena gasosa, que exigiu urgente amputação. Contudo, tal providência não foi suficiente para evitar a desencarnação de

Cândido Luiz Cintra

Candinho, ocorrida dias após a cirurgia, em 30 de março de 1983.

*

Apenas oito meses após a perda física do filho querido, D. Gladys Cintra sofreu outro impacto doloroso: a desencarnação do genro Saleh Gemha.

Foi a partir dessa época que ela começou a procurar consolo no Espiritismo, encontrando em Uberaba, na noite de 5 de maio de 1984, a feliz oportunidade de receber longa carta do filho inesquecível, repleta de consolo e elucidações, reconfortando seu coração e de todos os seus familiares.

Candinho, Espírito, já refeito do final tumultuado de sua existência física, e bem informado das Leis Divinas que regem nossos destinos, trouxe em sua carta preciosos ensinamentos para a meditação de todos nós, como veremos a seguir:

Querida Mãezinha Gladys, tenho o querido papai Vino em nossa lembrança a fim de associá-lo ao meu pedido de bênção.

Muito grato mamãe, por sua dedicação, buscando-me longe para dar-lhe notícias. Não se julgue esquecida por seu filho. Quanto se me faz possível, estou em casa, acompanhando de perto suas saudades e o seu anseio de saber. . . Saber onde me encontro para que nos entendamos!

Entretanto, as dificuldades do intercâmbio são naturais e peço-lhe perdão pela espera longa!

Rogo-lhe não aceitar a ilusória alegação de que a vontade de Deus me teria mergulhado a cabeça nas areias sólidas do rio! A lei se cumpriu.

Depois, o meu esforço laborioso para restabelecer a saúde. Os dias de sofrimento me ensinaram que todas as experiências são degraus para a elevação a Planos Melhores. Decerto, paguei uma dívida de existências passadas, felizmente sem fazer outra.

Aqui, pude receber explicações que me atenderam a fome do conhecimento.

Atirar-me ao mergulho no rio, desconhecendo que a areia poderia ter formado determinadas cristalizações no sítio onde se efetuou o incidente com a minha ruptura de coluna, a ponto de partir a medula, foi realmente uma temeridade, porque, a nosso ver, poderia eu estar obedecendo a impulsos estranhos a mim próprio; e, em seguida, foi o trabalho em que a vi se perder em empreitas quase sem fim, sem que nos fosse possível imaginar quanto tempo despenderia num tratamento caro e difícil, do qual não poderia, de minha parte, auferir qualquer benefício.

Confesso-lhe que vendo agravar-se a minha situação, muitas vezes solicitei à morte me beneficiasse com o repouso. Não se nos desata a força da vida, senão quando a determinação das Leis Divinas delibera tomar em consideração os problemas que nos afligem. . .

Observava a tristeza com que papai Vino me observava e procurava ler em seus olhos a gravidade de minha situação. Agora que o trinta de março do ano passado me liberou do corpo físico para entender melhor todas as dificuldades necessárias aos meus vinte e dois anos de existência física, que ardiam no ideal da formação de um lar em que pudesse expandir todos os meus sonhos, mas aquela prisão no leito informava-me ao coração, que a paciência se me faria o remédio necessário e essencial a fim de alcançar os efeitos negativos em relação às minhas esperanças.

Agradeço o carinho que me proporcionou sempre,

sem uma palavra de lamentação ou de queixa contra os desígnios de Deus, porque o seu exemplo de fé em Deus me transmitia coragem para suportar a realidade, já que a minha medula estragada era um problema irreversível.

Mamãe, sou grato a todos os nossos, mas especialmente ao seu devotamento que nunca me deixou sem a precisa orientação para o melhor a fazer.

Com os dias, os meus sonhos de rapaz tomaram rumo novo e preparei-me no íntimo para a largada que se consumou sob o auxílio do vovô João e de outros amigos, descerrando-me horizontes novos à própria visão. . .

Quando o nosso Saleh chegou ao nosso ambiente espiritual, estava eu nos primeiros dias de melhora e pude observar quanto lhe pesaram os sofrimentos de adaptação à vida espiritual.

Peço-lhe, porém, dizer à nossa querida Maria Lúcia que ele presentemente está passando melhor, com mais amplas elucidações para as convicções religiosas.

Falando nisso, querida mãezinha Gladys, rogo-lhe muita serenidade para tratar com a nossa Maria Lúcia sobre as questões que ainda a preocupam.

O Saleh está mais forte, porém não tão forte quanto me acontece, de vez que a dianteira que fui obrigado a tomar me propiciou algum fortalecimento que estou conduzindo para a frente com grandes anseios de melhoria em meu campo íntimo. Como pode ver, Mamãe, ainda, não tenho a memória integralmente refeita e é por isso que as minhas palavras não me saem do cérebro e das mãos com a segurança precisa.

Desculpe-me se venho como estou ao seu encontro, mas não dispunha de outra maneira para falar consigo, senão recorrendo à bondade dos amigos espirituais que me supervisionam a existência.

Peço-lhe calma e resistência, porque a saudade vem para ficar em nós, quando se trata de separação qual a nossa, em que o papai Vino e sua abnegação reconheceram que me aproximava do fim da experiência física. Mãezinha, rogo-lhe levar ao papai a certeza de que estou vivo, cada vez mais vivo para lhes ser útil um dia.

Meu tratamento aqui na Vida Maior tem sido vagaroso porque aquele mergulho infeliz, expondo todo o crânio na areia petrificada criou muitos problemas para mim mesmo, pois trazemos para cá os obstáculos que criamos contra nós mesmos.

Minhas idéias ainda estão funcionando com muita lentidão, motivo pelo qual peço perdão aos amigos que me amparam com a sua presença no recinto, a fim de que lhes escreva.

Peço-lhe dizer aos manos Antonio José, João Francisco, ao Marco Antônio e ao Marcelo Fernando para se protegerem contra essas surpresas daqui.

Somos vítimas de acidentes determinados, mas mesmo assim respeitamos as conseqüências. Pelo menos, rogo a eles para não saltarem sobre as águas do mar ou de qualquer rio ou lagoa sem se certificarem de que existem entraves no local. Sei que estou cumprindo os restos de uma provação que a vida me reservava, mas creio hoje que poderia atenuar-lhe o rigor, observando primeiramente em que região estava dirigindo o meu cérebro em salto de parafuso.

O meu avô João tem sido aqui o meu melhor intérprete e sou agradecido a ele por todo o bem que me faz.

Mãezinha Gladys, não posso estender-me por mais tempo. Estou ainda em tratamento, graças a Deus, muito bem conduzido, mas o nosso amigo Padre Euclides me buscou para esta tentativa de carta, de modo a tranqüilizá-la e acalmar o coração dolorido do papai.

Nada me incomoda a não serem saudades da família, mas compreendo que onde estou a saudade é assunto de todos e não sou melhor do que meus companheiros, pois compartilho dos esforços de minha turma constituída de rapazes acidentados. Alguns sofrem ainda os traumas da desencarnação violenta por choque de máquinas, outros foram vítimas de quedas casuais do alto de grandes edifícios, outros foram repentinamente arrancados à vida física em virtude de descida ao fundo de elevadores por desatenção, e, quanto a mim, luto para refazer os centros do cérebro, que ficaram muito comprometidos com aquele banho inoportuno, em que não me armei com a necessária responsabilidade quanto ao lugar a que me precipitei.

Mãezinha, abençoe-me, perdoando a minha imprudência.

Aqui estão muitos amigos que me encorajaram a escrever, ante a minha indecisão pelas dificuldades com os lapsos ligeiros da memória.

Sou agradecido a todos. Um abração ao papai Vino e muito carinho a todos os meus irmãos.

Esperando comparecer diante de seu coração para notícias com mais desembaraço, beijo as suas mãos queridas e reafirmo-lhe que continuo a ser sempre seu filho reconhecido e o seu Candinho de sempre, sempre a lhe dever juntamente de meu pai, tudo o que eu poderia receber de bom e belo da vida. Estaremos sempre juntos porque filhos e pais nunca se distanciam uns dos outros e, mais uma vez, peço-lhe endereçar-me a força de suas preces, porque sou sempre necessitado de seu amor.

Sempre o seu filho, com todo o meu coração,

Candinho.

Cândido Luiz Cintra.

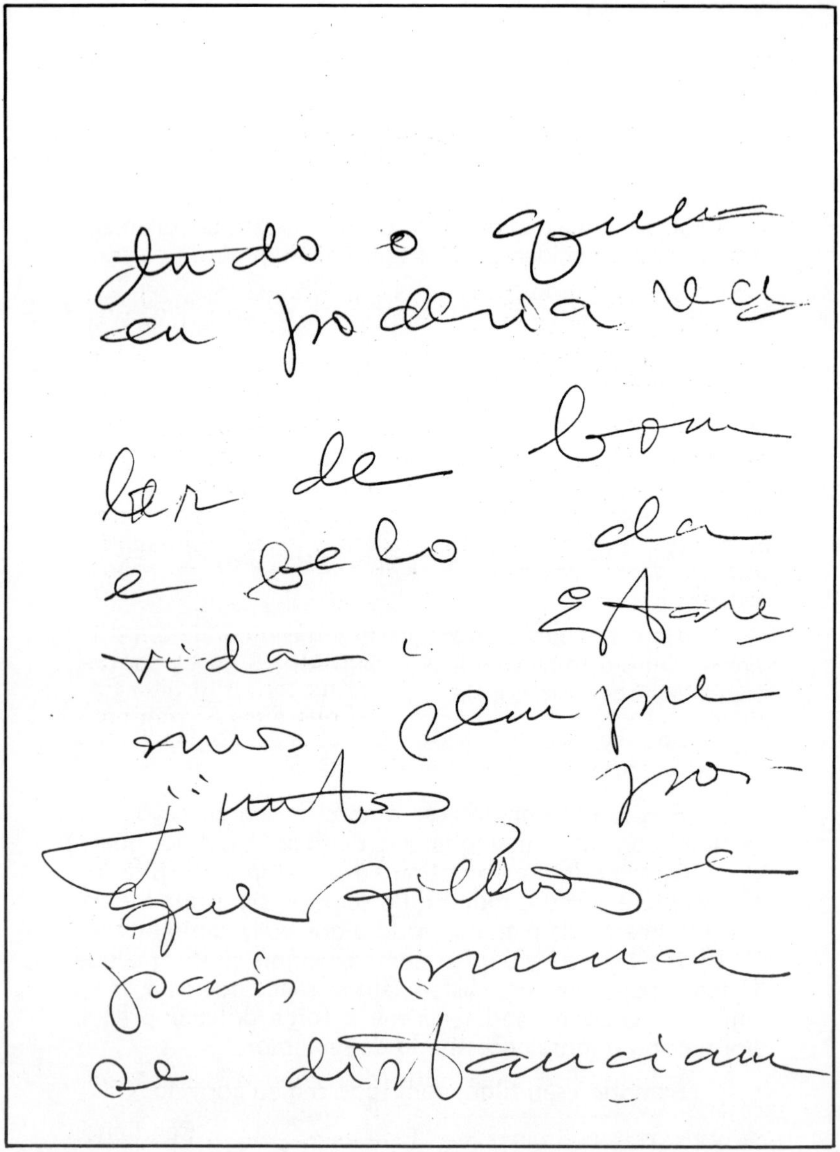

Tudo o que
eu poderia ver
de bom
e belo da
vida. Ama-
mos sempre
juntos por-
que filhos e
pais nunca
se distanciam

De um total de 45 páginas psicografadas da carta de Candinho, reproduzimos, aqui, o final da página 42 e a página 43.

Notas e Identificações

1 - Psicografia de Francisco C. Xavier, em reunião pública do GEP, Uberaba, MG, a 5/5/1984.

2 - *Mãezinha Gladys e papai Vino* — Casal Gladys Bologna Cintra e Valdivino Cândido Cintra, residente em Ribeirão Preto, SP, na Avenida Educandário, 187, Jardim Independência.

3 - *Rogo-lhe não aceitar a ilusória alegação de que a vontade de Deus me teria mergulhado a cabeça nas areias sólidas do rio!* (. . .) *Sei que estou cumprindo os restos de uma provação que a vida me reservava, mas creio hoje que poderia atenuar-lhe o rigor, observando primeiramente em que região estava dirigindo o meu cérebro em salto de parafuso.* — O confrade Carlos A. Baccelli, presente à reunião na qual Candinho se comunicou, redigiu oportuno comentário em torno das importantes observações em epígrafe, publicado no jornal "Folha Espírita", julho/1984, São Paulo, SP, que a seguir transcreveremos:

"CARMA E IMPRUDÊNCIA

Sábado passado, dia 5 de Maio, o nosso Chico recebeu uma mensagem do jovem Candinho; a mãezinha, presente, emocionou-se bastante. O espírito comunicante descreve detalhadamente o desenlace: foi mergulhar num rio e, não tendo perfeita noção da profundidade, fraturou a medula em conseqüência do violento choque na areia cristalizada.

Quando terminou a leitura da página mediúnica, entregando-a à respectiva destinatária, enquanto autografava os livros o Chico comentou: 'Esta mensagem merece uma palestra. O rapaz se refere a um tema muito interessante

— *o carma da imprudência;* não resgatamos apenas faltas de vidas passadas, existem erros que são resgatados imediatamente, as conseqüências são instantâneas. . .'

De fato, costumamos atribuir tudo ao *passado longínquo,* tentando tudo explicar baseando-nos nas pretéritas existências, nos esquecendo porém do *passado recente,* das conseqüências que sofremos hoje pelas decisões de agora. . . Pela *imprudência* estamos no dia-a-dia também elaborando o carma correspondente. Fala-nos Emmanuel em primorosa página que todo dia é oportunidade de se refazer o destino. . .

A rigor, não podemos afirmar que aquele que se vitimou no trânsito, por estar *abusando* da velocidade, esteja se submetendo à inevitável resgate de encarnações anteriores — poderá estar resgatando a falta da *imprudência,* por não respeitar as leis estabelecidas.

Aprendemos com o Espiritismo que a *fatalidade* é uma coisa muito relativa, de vez que "o mal não carece de ser resgatado pelo mal se o bem chega primeiro". . . Aquilo que nos parece inevitável, não raro é fruto da invigilância. Mesmo quando renascemos dentro de um quadro de ásperas provações, elas poderão ser suavizadas; numa falta sempre existem *atenuantes* e *agravantes.*

Busquemos um outro exemplo. Aquele que, *imprudentemente,* atravessa no meio de um tiroteio e é fulminado, foi arrastado pela fatalidade ou, no uso pleno do seu livre arbítrio, imaginou que não seria alvejado? Ora, a probabilidade de um projétil nos atingir, quando passamos entre o chamado fogo cerrado é muito grande. . . O que recomenda o bom senso? Que esperemos as coisas se acalmarem.

A imprudência, *sem dúvida,* tem sido responsável por milhares de óbitos em todo o mundo.

Alguém poderá indagar: onde estarão os Benfeitores Espirituais? Ora, nós não os temos a tiracolo. . . Acontecimentos existem que não há margem de tempo para uma antecipação da Espiritualidade Amiga. Cada qual tem a companhia espiritual que merece e também que carece. Quer dizer: quanto maior a responsabilidade do reencarnante, maior a supervisão do Mundo Maior.

Poderíamos, então, classificar toda *imprudência* como *suicídio*? É claro que no suicídio precisamos levar em conta a *consciência do ato, a intenção.* André Luiz, conforme sabemos, foi considerado suicida na Vida Maior, única e exclusivamente por ter abusado da saúde. Os alcoólatras inveterados, pela *imprudência,* em que pese as muitas advertências que recebem de familiares, amigos e médicos, estão cometendo suicídio. E tal é válido igualmente para os que exageram no cigarro, na alimentação, etc.

Ao lado, portanto, do *carma de ontem,* existe *o carma de hoje;* se muitas faltas resgatamos parceladamente, consoante a Misericórida Divina, existem aquelas que já trazem em si mesmas as suas funestas conseqüências imediatas. . .

O jovem Candinho, preparando-se para saltar num trecho desconhecido do Rio Pardo, deveria ter a *precaução* de verificar os perigos existentes, porquanto não bastava saber nadar. . .

Carecemos de ter mais *cuidado com a vida,* não deixando tudo para que a Espiritualidade Superior providencie. Se a desencarnação chega, mesmo com toda a *prudência de nossa parte,* aí então, sim: é fatalidade, ou seja, chegou a hora da partida.

O assunto ainda nos leva a examinar os desequilíbrios emocionais que permitimos dominar-nos. Contudo, nos impacientamos, aderimos facilmente à cólera, fulminamos os órgãos mais sensíveis com vibrações envenenadas. . . Ora, com o tempo, somados todos esses instantes de emoções incendiárias dentro de nós, vem a complicação orgânica irreversível e, conseqüentemente, a desencarnação; se podíamos viver 80 anos, vivemos apenas 50 anos. . . Essas *pequenas imprudências diárias* geram carmas para muito tempo.

'Ajuda-te e o céu te ajudará' — fala o Evangelho. Cuidemos para que não sejamos surpreendidos pela invigilância, retornando ao Mundo Espiritual profundamente decepcionados, como quem se prepara para atravessar um rio caudaloso e só percebe que o barco está furado depois que largou a margem. . ."

4 - *Confesso-lhe que, vendo agravar-se a minha situação, muitas vezes solicitei à morte me beneficiasse com o repouso.* — Contou-nos D. Gladys: "Muitas vezes, Candinho chorava e pedia a morte."

5 - *vovô João* — João Cândido Cintra, avô paterno, desencarnado em 10/02/1979.

6 - *Quando o nosso Saleh chegou ao nosso ambiente espiritual, estava eu nos primeiros dias de melhora* — Saleh Gemha, seu cunhado, casado com Maria Lúcia, desencarnou em Ribeirão Preto, a 28/11/1983. Além de cunhados, eram muito amigos, tendo Saleh colaborado bastante na assistência a Candinho, durante sua longa enfermidade.

7 - A Visão de Saleh.

Dois dias antes de sua desencarnação, Saleh estava hospitalizado, mas gozava melhoras, mostrando-se lúcido e tranqüilo. Pela manhã, ao receber uma visita de sua sogra, D. Gladys, contou-lhe que tivera visões surpreendentes naquela noite, nos seguintes termos: "Nesta noite, Candinho e meu pai não saíram da beira de minha cama." Como Saleh era muito brincalhão, ela não acreditou e até mesmo o repreendeu por envolver a memória de seu filho e do progenitor (ambos desencarnados) naquela narrativa.

O tempo passou. Algumas vezes, D. Gladys lembrou-se do fato, cultivando sempre grande dúvida a respeito. Mas, recentemente, a 8/3/1985, em reunião pública do GEP, na cidade de Uberaba, em diálogo com Chico Xavier, ela recebeu a inesperada informação:

— A senhora sabe que Saleh, antes de morrer, viu seu filho Candinho?

Foi então que D. Gladys contou a Chico Xavier o "caso" daquela visão de Saleh, que ela não havia acreditado e, até então, totalmente desconhecido do médium. . .

É também digno de nota que no dia seguinte à visão, Saleh apresentou peritonite, gravíssima complicação de seu processo infeccioso, que, em 24 horas, o levou ao óbito. Porém, os Benfeitores Espirituais sabiam da evolução do quadro clínico e já o preparavam, com antecedência, para a despedida do Plano Físico. Eis porque Chico Xavier completou o recado mediúnico (naturalmente, informado por Candinho, que naquela noite escreveu nova carta à sua mãe) dizendo:

— Naquele dia, Candinho foi ao encontro de Saleh para ajudá-lo na passagem para a Vida Espiritual.

8 - *Meu tratamento aqui na Vida Maior tem sido vagaroso* (. . .) *porque trazemos para cá os obstáculos que criamos contra nós mesmos.* (. . .) *Alguns sofrem ainda os traumas da desencarnação violenta* (. . .) *luto para refazer os centros do cérebro.* — O problema maior de saúde de Candinho, conforme sua carta, é tratar do cérebro perispiritual lesado, conseqüência do trauma sofrido em vida carnal. Os *centros vitais* do cérebro são: o centro coronário, instalado na região central do cérebro, sede da mente; e o centro cerebral, contíguo ao coronário, conforme nos

elucida André Luiz em seu livro *Evolução em Dois Mundos* (Francisco C. Xavier e W. Vieira, Ed. FEB, Cap. II, Primeira Parte).

9 - *Antônio José, João Francisco, Marco Antônio e Marcelo Fernando* — Irmãos.

10 - *Padre Euclides* — Padre Euclides Gomes Carneiro, desencarnado em 26/1/1945, fundou, em Ribeirão Preto, um asilo para velhinhos, hoje chamado "Padre Euclides". Esse virtuoso sacerdote também amparou, no Além, Paulo Marcelo Reis Azevedo, segundo carta mediúnica desse jovem ribeirão-pretano, publicada no livro *Estamos no Além* (Francisco C. Xavier, Espíritos Diversos, Hércio M.C. Arantes, Ed. IDE, Cap. 16, Nota 9).

11 - *Candinho* — Cândido Luiz Cintra, Candinho na intimidade, nascido em Ribeirão Preto, SP, a 10/1/1960, era estudante de Comunicação. O jornal *O Diário* de sua cidade, edição n.º 10.935, de 15/7/1984, p. 2, na seção *Escreve o Leitor,* prestou-lhe expressiva homenagem, transcrevendo, na íntegra, a sua primeira carta mediúnica, com o seguinte preâmbulo: "MENSAGEM DO ALÉM. O autor desta carta, psicografada pelo médium Chico Xavier, foi funcionário deste jornal, muito jovem ainda, iniciando em 1975 até 1982. A pedido de sua mãe, sra. Gladys, publicamos hoje sua mensagem, na certeza de que lá em cima ele estará feliz e sorrindo, nos confortando e nos protegendo. Ao Candinho, um abraço de todos nós, de *O Diário*."

CAPÍTULO 3

"ESTOU VIVO E VOU CRESCER"

"Na manhã do dia 12 de agosto de 1983, o garoto Rangel Diniz Rodrigues passeava de bicicleta, em frente à sua casa, numa rua tranqüila de passeios largos, em companhia da empregada da casa. E foi assim que Tetéo, como era carinhosamente apelidado por seus familiares, sofreu uma queda comum para um garoto de quase três anos.

Tetéo bateu a cabeça no chão, mas não houve nenhum ferimento grave. Os médicos que o examinaram após o acidente não verificaram anormalidade.

Três dias depois, na manhã do dia 15 daquele agosto, o menino entrou em convulsões e foi imediatamente levado ao hospital de Pedro Leopoldo. Seu estado era grave e ele foi imediatamente transferido para a Santa Casa, em Belo Horizonte. Duas horas após, Tetéo falecia sem que os médicos pudessem sequer tentar qualquer coisa.

Filho do dentista Aguinaldo Soares Rodrigues e da professora Célia Diniz Rodrigues, pessoas muito conhecidas na cidade, pertencentes a duas famílias tradicionais e

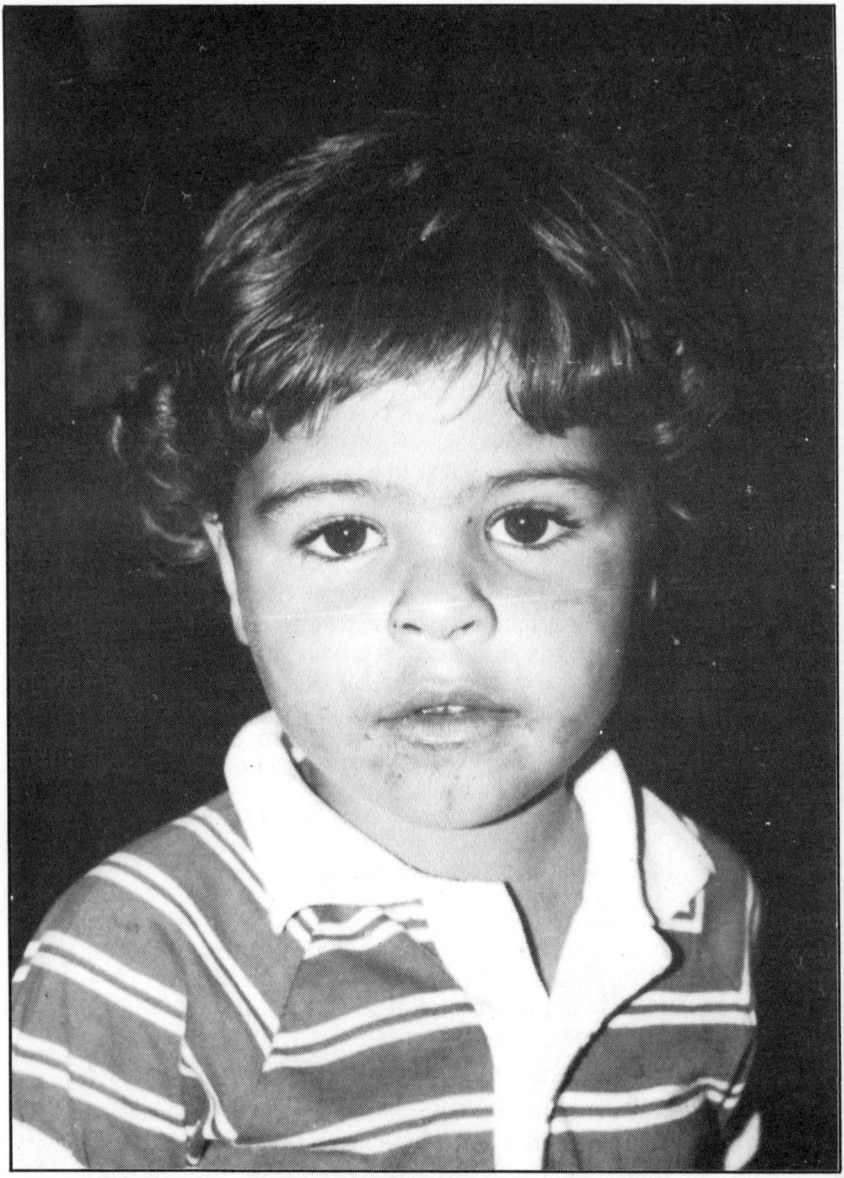

Rangel Diniz Rodrigues (Tetéo)

muito bem relacionadas na comunidade, a morte de Tetéo, em circunstâncias inusitadas, comoveu a cidade.

Toda a população lamentou a tragédia que abalou Aguinaldo e Célia.

Quase um ano depois, no dia 30 de junho de 1984, Chico Xavier recebia, em Uberaba, uma impressionante mensagem "psicográfica" assinada pelo menino.

Na mensagem, surgem nomes, apelidos, dados e referências inteiramente desconhecidas por Chico Xavier. Mesmo sendo de família espírita, inclusive neto de Manuel (Lico) Diniz, um líder espírita contemporâneo de Chico, o médium, ao receber a mensagem, mal conhecia sequer os pais do menino, por estar há muitos anos afastado de nossa cidade.

(. . .) E foi como 'uma bênção extraordinária' que o casal recebeu a mensagem. Mais um fenômeno espantoso na vida mediúnica de Chico. Outras mensagens como esta originaram filmes, manchetes e livros. Esta uma mensagem particularmente rara, mesmo para os espíritas, considerando a pouca idade do menino que, mesmo assim, conforme acreditam milhões de espíritas no mundo inteiro, falou do Além-Túmulo aos seus pais, a fim de consolá-los e soerguer-lhes o ânimo abatido.

Os pais de Tetéo mandaram imprimir a mensagem com uma foto do garoto e distribuíram-na entre a população da cidade. Aqui está ela seguida das notas explicativas e que, segundo os familiares do menino, comprovam a autenticidade de sua autoria: (. . .)."

Este, foi o preâmbulo que antecedeu a divulgação da carta mediúnica do garoto Rangel pelo jornal *Gazeta de Pedro Leopoldo,* da cidade de Pedro Leopoldo, Minas Gerais, edição outubro/1984, n.º 42, em fiel reportagem intitulada: "O caso Tetéo".

Observa-se neste trabalho, que a pequena idade de

Tetéo chamou a atenção do redator, considerando por tal motivo, como raridade, a mensagem psicografada.

De fato, na literatura espírita, há poucos casos semelhantes documentados. E, para compreendê-los, lembraremos que as crianças desencarnadas tendem a assumir a condição de adulto, que é a normal, exigindo para esse crescimento uma transformação plástica do perispírito (ou corpo espiritual), em maior ou menor tempo, dependendo do grau evolutivo do Espírito. Isto é, quanto maior o progresso moral e intelectual do Espírito, maior será o seu poder mental (plástico) sobre as células do próprio perispírito. (Ver *Evolução em Dois Mundos,* F.C. Xavier e W. Vieira, Segunda Parte, Cap. 4, e *Entre a Terra e o Céu,* F.C. Xavier, Cap. 9 e 11, ambos do Espírito de André Luiz, Ed. FEB.)

Portanto, apesar de ter desencarnado não alfabetizado, Tetéo compareceu pela escrita, bem desenvolvido pelo pouco tempo de desencarnação — "já estou mais adiantado do que Mariana", diz ele, referindo-se à sua irmãzinha, na época com 5 anos —, revelando-nos um Espírito valoroso, já preocupado em ajudar os familiares que deixou na Terra. Embora dizendo-se auxiliado pelo avô na redação da carta, dá sua contribuição pessoal, dentro de seus recursos, transmitindo novo ânimo e muita paz aos entes queridos, afirmando, em certo momento, categórico: "Estou vivo e vou crescer."

Eis as palavras de Tetéo:

Querido papai Aguinaldo e querida mamãe Célia com vovó Lia.

Sou eu, o Tetéo. Estou aqui com meu avô Lico e com minha tia Gilda.

Vovô me auxilia a escrever porque estou aprendendo.

Estou vendo tia Lé e nosso amigo Sérgio, e vovô me diz que um menino educado não deve esquecer os amigos.

Papai Aguinaldo e mamãe Célia, venho pedir para não chorarem tanto por mim.

Mamãe, eu já estava doente quando falava e brincava com a Cota. Depois bati com a cabeça no chão, mas fiquei forte. Mas a cabeça ficou pesada e você lembra a noite em que chorei com a cabeça doendo. . .

Vi que papai ficou assustado e depois lembro-me que saí carregado do quarto. Depois nada mais vi. Ficou tudo tão escuro; depois ouvi papai me chamar: meu filho, meu filho! Quis responder, mas não consegui. Acho que dormi muito.

Quando acordei estava perto de mim a moça que me pedia para não chorar e chamar a ela minha tia Gilda. Depois o vovô Lico veio ao lugar onde eu estava e comecei a chorar pedindo a ele para me levar para casa. Ele me abraçou e me disse: Rangel, você não é um rapaz da moleza. Não chore assim, pois estamos em casa. . .

Procurei obedecer, mas estava com muitas saudades de Aguinaldinho e Mariana, do papai e da mamãe, da Cota, da vovó Lia, da vovó Dite, do vovô Totone, da tia Lé, do tio Neca e da tia Mária, mas não queria falar nisso porque o meu avô e a minha tia se mostravam tão bons para mim.

Muitos dias se passaram e vovô Lico me levou lá em casa. Papai, você estava pensando por que não me havia levado nos passeios com meus irmãozinhos e chorava. . . Expliquei que era muito doente e que você e mamãe não podiam sair sempre comigo. Não chore mais, meu pai, pensando que eu ficasse triste. Eu ficava sempre alegre esperando.

Aqui vovô Lico me disse que eu não fui para a nossa casa para ficar muito tempo, e que minha cabeça não me permitia passear muito. Estou dizendo isso para o papai e a mamãe não ficarem preocupados.

Papai Aguinaldo, o vovô Lico pede para você não desanimar com o serviço e não deixe a tia Bete desmarcar as consultas. Papai, se eu estivesse aí, com a boca doente, você me trataria, pois os meninos e a gente grande que o procuram conforme penso hoje, são como eu mesmo. Já vi você falando com a vovó Dite que está desanimado, não fique assim, eu estou vivo e vou crescer.

Estou aprendendo a escrever só para dizer ao seu carinho e ao carinho da mamãe que não morri. Vou aprender muitas coisas e muitas lições para saber escrever melhor. Mas já estou mais adiantado do que Mariana e creio que Aguinaldinho ficará satisfeito.

Papai e mamãe, vovó Lia e tia Lé, não posso escrever mais, porque fiquei cansado de fazer letras. Mas, quando eu puder, voltarei. Estou com muitas saudades e isso vovô Lico me diz que posso escrever. Muitos abraços para os meus irmãos e digam a eles que o Tetéo não desapareceu.

Mamãe Célia, estou feliz com a fé que as suas preces me oferecem.

Papai Aguinaldo, peço para que o seu coração esteja sorrindo. Vovó Lia abraçará a todos por mim.

E para meu pai e minha mãezinha, muitos beijos do filho que lhes pede a bênção,

Tetéo.

Rangel Diniz Rodrigues.

Notas e Identificações

1 - Vó Lia — Maria Luíza Diniz, avó materna, presente à reunião pública do GEP, em Uberaba, MG.

2 - *Tetéo* — Assim, Rangel Diniz Rodrigues era chamado na intimidade. Nasceu em Pedro Leopoldo, a 24/11/1980.

3 - *Avô Lico* — Manuel (Lico) Diniz, avô materno, desencarnado em 8/7/1979, foi conhecido por Tetéo apenas por fotografia. Presidiu o Centro Espírita Luiz Gonzaga de Pedro Leopoldo, no período 1947-1979.

4 - *Tia Gilda* — Gilda Marta Soares, tia-avó paterna, desencarnada em 5/11/1954, aos 18 anos, com quem o pai de Tetéo tinha grande afinidade.

5 - *vovô me auxilia a escrever porque estou aprendendo.* — Após a reunião pública, Chico Xavier explicou aos pais de Tetéo: "Um menino risonho e feliz chegou com o Lico, que lhe disse: 'Escreve sozinho, meu filho, vai demorar mas não tem importância.' A capacidade mental dele foi dilatada, no momento de transmitir a mensagem, para que ele conseguisse se expressar melhor."

6 - *Tia Lé* — Celma Pinto Pereira, amiga da família.

7 - *Sérgio* — Sérgio Luiz Ferreira Gonçalves, amigo da família.

8 - *Mamãe, eu já estava doente quando falava e brincava com a Cota. (. . .) Aqui vovô Lico me disse que eu não fui para a nossa casa para ficar muito tempo, e que minha cabeça não me permitia passear muito.* — Cota, apelido de Maria Sandra Alcântara, já era auxiliar da família desde o nascimento de Tetéo. O médium Xavier também esclareceu aos pais de Tetéo, após a reunião, que o filhinho deles trazia, ao nascer, um problema no cérebro perispiritual que se refletia no cérebro físico, de modo imperceptível, como uma espécie de aneurisma, que se romperia com a mais leve contusão numa data previamente marcada pelos desígnios insondáveis, porém justos do Criador.

9 - *e depois lembro-me que saí carregado do quarto.* — Seus pais esclareceram (como as demais Notas e Identificações deste Capítulo) que o filhinho se refere ao momento em que foi conduzido ao hospital, às 7,40 h. do dia 15/8/1983.

10 - *Aguinaldinho e Mariana* — Irmãos de 6 e 5 anos de idade, respectivamente.

11 - *Vovó Dite e Vovô Totone* — Edith Soares Rodrigues e Antônio Hilário Rodrigues, avós paternos.

12 - *Tio Neca e tia Mária* — Cláudio Berger e Mária Vianna Mello Berger, vizinhos e amigos da família.

13 - *Papai, você estava pensando por que não me havia levado nos passeios com meus irmãozinhos e chorava. . . Expliquei que era muito doente e que você e mamãe não podiam sair sempre comigo.* — Observa-se como os Espíritos podem "ler" os nossos pensamentos, como também são capazes de nos intuir idéias.

14 - *Tia Bete* — Maria Elizabeth Rodrigues Lessa, tia paterna, secretária do Consultório Odontológico do Dr. Aguinaldo.

15 - *estou vivo e vou crescer.* — Alguns casos semelhantes ao de Tetéo, em que crianças desencarnadas em tenra idade atestam, pela mediunidade, seu desenvolvimento no Além, foram documentados em algumas obras, tais como: *Reencontros,* Cap. 10, e *Estamos no Além,* Cap. 2, 10 e 18, ambos de Francisco C. Xavier, Espíritos Diversos, H.M.C. Arantes, IDE; *Tempo e Amor,* Cap. 7 e 8, de F. C. Xavier, Espíritos Diversos, Clovis Tavares, IDE.

16 - *creio que Aguinaldinho ficará satisfeito.* — Os pais de Tetéo assim explicaram este trecho da carta: "Realmente, em meados de abril deste ano (1984), Aguinaldinho perguntou-nos se Rangel já sabia escrever. Respondemos ser provável que sim, pois na "Casa do Papai

do Céu" o desenvolvimento é mais rápido. Vimos alegria em seu rosto, porquanto Aguinaldinho assumia sempre um comportamento paternalista em relação ao irmão. Mariana, participando da conversa, disse que o irmão já estava maior do que ela, quando estão dissemos que talvez ele estivesse mais adiantado, pois ela ainda não sabia escrever."

17 - Quando a família divulgou a mensagem, foi colocado na primeira página do impresso o seguinte DEPOIMENTO: "Tão consolador para nossos corações quanto "ver" nosso filhinho nessa mensagem, é a certeza de poder dizer um dia: Graças a Deus reencontramos nosso filho. Aguinaldo e Célia."

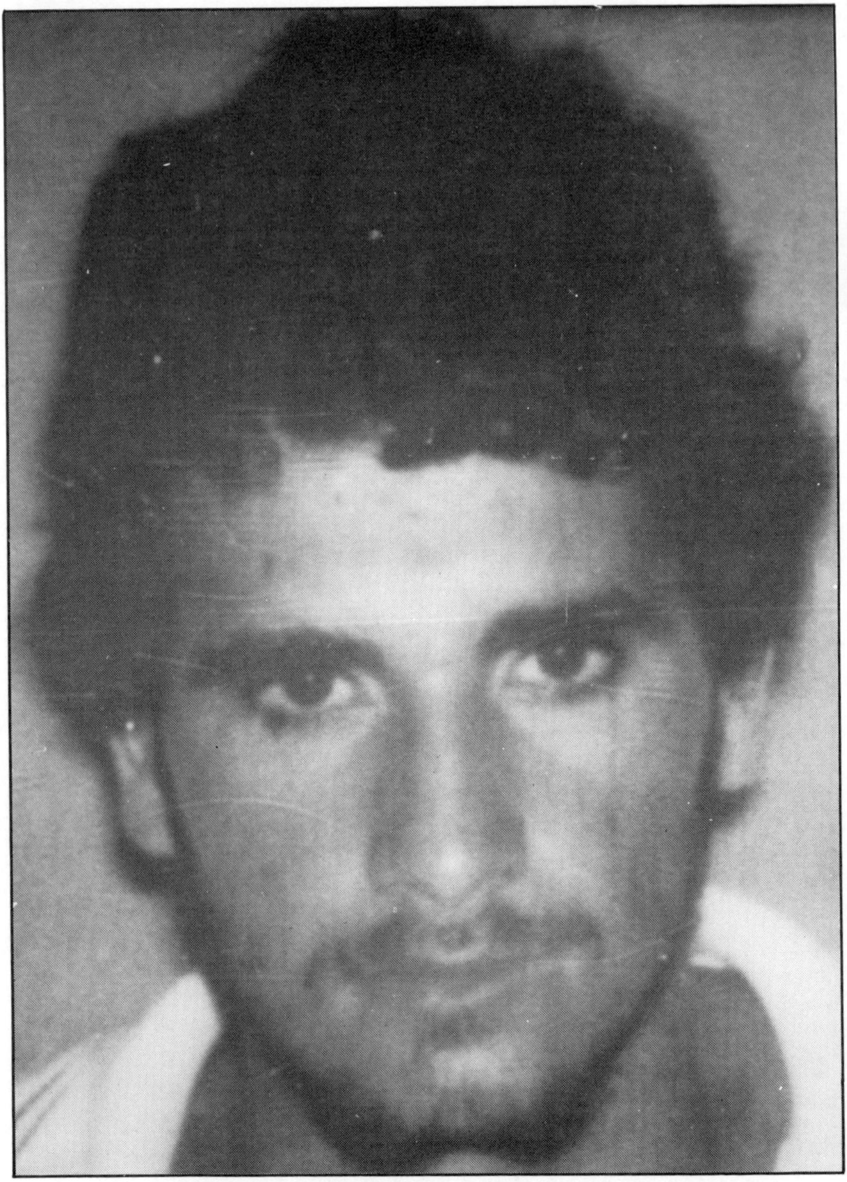

José Rogério Silva Freire

CAPÍTULO 4

EM CRUZADA CONTRA OS TÓXICOS

Localizado na Praia Grande, aprazível recanto da capital maranhense, o Bar do Rosa, nos fins-de-semana, era um dos mais conhecidos pontos de encontro de estudantes.

Na noite de 13 de abril de 1984, uma sexta-feira, lá estava Rogério Freire, quintoanista de medicina, com seus amigos, após uma semana de árduos estudos.

Noitada feliz. . . mas, ao acertarem a conta com o garçom houve um sério desentendimento em torno do preço da despesa, nascendo daí uma briga que envolveu outras pessoas. Um comissário de polícia, presente no recinto, para surpresa de todos disparou a arma para o alto e, em seguida, atirou em Rogério, atingindo-o na cabeça. O jovem tombou e, duas horas depois, no início da madrugada de 14, veio a falecer no Hospital Presidente Dutra.

A desencarnação de Rogério abalou a opinião pública de São Luís, em face da violência do fato. Mais de duzentos universitários chegaram a fazer uma passeata de protesto. E, segundo a imprensa, as investigações chegaram à conclusão de que o policial usava drogas, única explicação para tal atitude.

*

Noite de 28 de julho de 1984. . . Uma nova noitada inesquecível para D. Maria José, mãe de Rogério, agora de paz, consolo e esclarecimento. A viagem tão longa do Maranhão a Uberaba, Minas, foi recompensada. Chegou o momento do reencontro com seu filho amado, passados três meses de ausência forçada. . .

Pelo lápis mediúnico de Chico Xavier, em reunião pública do Grupo Espírita da Prece, o jovem universitário voltou a dialogar com seus entes queridos, revelando admirável capacidade de adaptação à Vida Nova e já alimentando forte desejo de continuar seus estudos médicos, a fim de socorrer, na Terra, as vítimas dos tóxicos.

Eis a carta-mensagem:

Querida mãezinha Maria José, abraço-a com a nossa Telma Maria, representando a nossa família querida.

É muito difícil transmitir-lhe o que sinto. O seu coração de mãe chora o filho que foi arrancado do corpo físico pela ação inconsciente de um moço dementado pelos venenos que hoje se adquire em qualquer lugar, sob os mais diversos nomes. Quase terminando os meus estudos de Medicina, sempre soube das contradições entre rótulos e conteúdos.

É verdade que tombei sob a agressão que não devemos considerar nessa base, porque um doente mental precisa muito mais de assistência que de castigos. Tão logo me vi liberto do torpor de que me vi acometido, o que a meu ver perdurou por muito tempo, vi meu pai José Freire e a minha avó Elisa que me dispensavam cuidados especiais.

Não tive dificuldade em compreender que a morte do corpo pesado passava por mim, arrebatando-me a cobertura física. Ouvira diversos amigos em São Luís, debatendo teses em torno da sobrevivência do Espírito, já que muitos deles se interessavam pelo assunto, e, por isso, o encontro com meu pai foi o suficiente para que me visse dispensado de ensinamentos que sobejam por aqui, em socorro aos recém-desencarnados. Não quero exibir *saberenças* de rapaz sem maior experiência, mas sim me expresso com os recursos que buscava assimilar com seriedade de conversações construtivas.

Compreendi tudo. Os ferimentos de que fui vítima reclamaram tratamento e encontrei em minha avó Elisa a mais eficiente das enfermeiras.

Não posso dizer que me rejubilei com o sucedido à porta de um bar, freqüentado por gente distinta. Não era forte, ao ponto, de agradecer ao meu agressor enfermo aquilo que me fizera, mas quando despertei, fazendo-me lúcido, tive mais compaixão do infeliz do que qualquer introdução à censura.

Mãe querida, eu sei tudo o que tem sofrido em sua viuvez correta e laboriosa. Lembro-me de quanto trabalhou para que seus filhos estudassem e se fizessem pessoas úteis. Eu mesmo lhe devo todos os meus esforços até o quinto ano de Medicina, mas a sua felicidade vencendo obstáculos, quase sozinha, conquanto a proteção de Deus, foi sempre muito grande. Com exceção do nosso Lula que ainda nos exige atenção, todos nós, os seus filhos, encontramos na cultura da inteligência um lugar destacado para viver. Meus irmãos confirmarão o que digo.

Mãezinha, por que não perdoar a um rapaz doente que não teve a mãe valorosa que tivemos? Por que esquecer as bênçãos que desfrutamos, quando aquele pobre companheiro se fez um marginal infeliz? Pense nisso e perdoe.

Estou vivo e continuarei meus estudos. Serei médico na Espiritualidade e agora escolhi a minha especialidade: a toxicologia profundamente estudada, a fim de auxiliar aos rapazes e moças que tiveram a desventura de cair nas ciladas dos alucinógenos, que merecem muito mais a consideração médica do que as aventuras de caráter popular. Fique tranqüila a meu respeito.

A saudade é nossa; no entanto, imagine-me trabalhando numa colônia de serviço, à distância de São Luís, obedecendo aos desígnios das Leis Divinas, para ser o que deve ser.

Não perca a sua fé. Não brigue com Jesus e com Deus. Mãe querida, pense nos episódios difíceis que o seu coração superou desde o desprendimento de meu pai e aceitemos as nossas saudades mútuas por necessidade de preparação para o futuro melhor.

Não quero sensibilizá-la, pois sei que o seu ânimo sempre dispensou adulações e mimos para facear a realidade com a força heróica da mulher que sabe ser mãe, ainda mesmo quando lhe falte o braço protetor do companheiro.

Sigamos em frente buscando o melhor e esqueça a hora sombria que atravessamos.

Estarei presente em seu caminho. Não abandone as suas orações e sejamos fortes. Ninguém morre e a vida, seja onde for, reclama fé e confiança em Deus e em nós mesmos.

E na nossa Telma Maria, abraço o Renato e todos os caros irmãos, flores de seu amor em nossa casa feliz. E abençoe a seu filho que venceu a morte e lhe vem beijar as mãos,

José Rogério.

José Rogério Silva Freire.

Notas e Identificações

1 - *Maria José* — Maria José Silva Freire, progenitora.

2 - *Telma Maria* — Dra. Telma Maria Silva Freire, médica, irmã de Rogério, residente à Rua dos Acapús, Quadra 81, Casa 26, Renascença, São Luís, Maranhão.

3 - *José Freire* — José Fernandes Freire, progenitor, desencarnado a 03/5/1967.

4 - *Avó Elisa* — Elisa Freire, avó, desencarnada em 1966.

5 - *Ouvira diversos amigos em São Luís, debatendo teses em torno da sobrevivência do Espírito* — Aqui vemos a importância do estudo espírita em torno da Vida no Além.

6 - *Os ferimentos de que fui vítima reclamaram tratamento* — Como vemos, há reflexos de lesões físicas na região correspondente do corpo espiritual (ou perispírito), mesmo após a desencarnação. (Ver Nota 8 do Capítulo 2).

7 - *Lula* — Apelido de seu irmão Dr. José Luís Silva Freire, já formado em Medicina.

8 - *Renato* — Seu irmão Dr. José Renato Silva Freire, médico.

9 - *e todos os caros irmãos* — Além dos três irmãos já citados, ele deixou na Terra outros: os médicos Drs. Fernando José e Maria Márcia; a advogada Dra. Mércia Maria e o acadêmico José Roberto.

10 - *José Rogério Silva Freire* — Nascido a 04/12/1959, cursava o 5.º Ano de Medicina na Faculdade Federal do Maranhão. Seus colegas prestaram-lhe expressiva

homenagem dando seu nome ao Diretório Acadêmico de Medicina.

SEGUNDA CARTA

"Se contamos no mundo com tantas cruzadas contra o câncer, contra a hanseníase, contra a tuberculose e contra as febres de etiologia obscura, por que não formar um grupo de espíritos dedicados aos companheiros que os tóxicos dominam?"

Querida irmã Telma Maria e querida mãe Luzia, Deus nos abençoe.

Vocês vieram de São Luís querendo notícias minhas, sou grato por isso, mas peço que não se preocupem por mim.

Aproveito a oportunidade para transmitir à querida mãezinha Maria José o meu pedido de otimismo e fé em Deus. Peço lhe digam que o nosso caro José Luís, o nosso Lula, precisa de todos os irmãos, mas especialmente dela, e que não a desejo doente de saudades, imaginando que eu não merecia o projétil com que fui brindado no bar.

Digam a mamãe que não parei para pensar em meu caso. De imediato, amparado por meu pai José Freire e por vovó Elisa, passei a meditar nos meios de ser útil às vítimas dos tóxicos que sofrem e fazem sofrer, como se estudaram os recursos para isolar o bacilo de Hansen. Por que não auxiliar as pessoas tisnadas por substâncias nocivas que os levam à delinqüência, ao suicídio e à morte prematura?

Comecei em meus novos estudos, porque toda a realização começa de bases simples e, como disseram os antigos chineses: "Toda viagem começa de um passeio".

Não me demorei a curtir sofrimentos desnecessários. Se um rapaz me alvejou impensadamente, em estado tóxico que lhe enevoou a cabeça, não seria justo imobilizar-me em reclamações e lamentos inúteis.

Estou fazendo curso de conhecimento alusivo ao assunto e espero, mesmo desencarnado, desenvolver um trabalho sério e fraternal em socorro de tantos rapazes e tantas meninas que se utilizam de drogas inadequadas para eles, de modo a realizar algo que os afaste do perigo. Para isso é preciso que me una a muita gente e não descansarei nesse sentido.

Há muitos amigos aqui com tempo disponível. Se não estão integrados em algum Ministério de amparo ao próximo, é por falta de quem os convide a trabalhar. A vida aqui na espiritualidade guarda muita semelhança com a nossa existência aí no Plano Físico. Existe muita gente parada, não por preguiça, mas por ausência de inspiração e companhia.

Faremos, com a permissão de Jesus, a começar pelo Maranhão, uma cadeia de serviços aos nossos irmãos detidos da dependência dos alucinógenos, que lhes estragam a existência. Se contamos no mundo com tantas cruzadas contra o câncer, contra a hanseníase, contra a tuberculose e contra as febres de etiologia obscura, por que não formar um grupo de espíritos dedicados aos companheiros e companheiras que os tóxicos dominam?

Peçam a mãezinha Maria José para que levante em espírito, da tristeza e do banzo em que a vejo espiritualmente detida. . . E ore conosco pelos companheiros da Terra que os tóxicos infelicitam. Nada de lamentos perdidos porque um projétil aniquilou o corpo do filho que sou eu e que continua tão vivo ou talvez mais vivo que antes.

Telma, faça isso por mim. Não deixe nossa mãe isolada no desespero silencioso. Vamos trabalhar e esquecer os males do mundo. A vida é de Deus, e Deus por Jesus nos pede para que nos amemos uns aos outros, ainda mesmo que entre esses outros estejam aqueles que carregam o nome de malfeitores.

Quantos outros jovens terão caído, sob os projéteis de criaturas que os tóxicos enlouqueceram? Que Mãezinha Maria José pense nisso e forme conosco na legião dos que desejam socorrer os infelizes que se deixaram seduzir pelo fanatismo da dependência desventurada a remédios que eles mesmos não conhecem.

Mamãe Luzia, muito obrigada por ter vindo. Sei que não poderia fazer uma viagem tão comprida, como a de São Luís até aqui, sem grandes sacrifícios. Você, minha boa mãe de criação, queria saber se, em verdade, sou eu mesmo quem escreve. . .

Pois saiba que sim. Ninguém morre e, graças a Deus, não perdi a minha vocação de agir para servir.

Querida irmã e querida mãe Luzia Frassinetti, à mamãe e a todos os meus irmãos o meu abraço fraterno e saudoso; e para vocês ambas, muito carinho e reconhecimento do irmão e servidor

Rogério.

José Rogério Silva Freire.

Notas e Identificações

11 - Carta psicografada pelo médium Francisco C. Xavier, em reunião pública do GEP, Uberaba, MG, a 13/10/1984.

12 - *mãe Luzia* — Luzia Frassinetti Mendes da Silva, tia materna e mãe de criação.

13 - *banzo* – Palavra sempre usada por Rogério em seu vocabulário, querendo expressar tristeza ou abatimento.

14 - *Você, minha boa mãe de criação, queria saber se, em verdade, sou eu mesmo quem escreve. . .* – Em verdade, D. Luzia duvidava, sem nada comentar a ninguém.

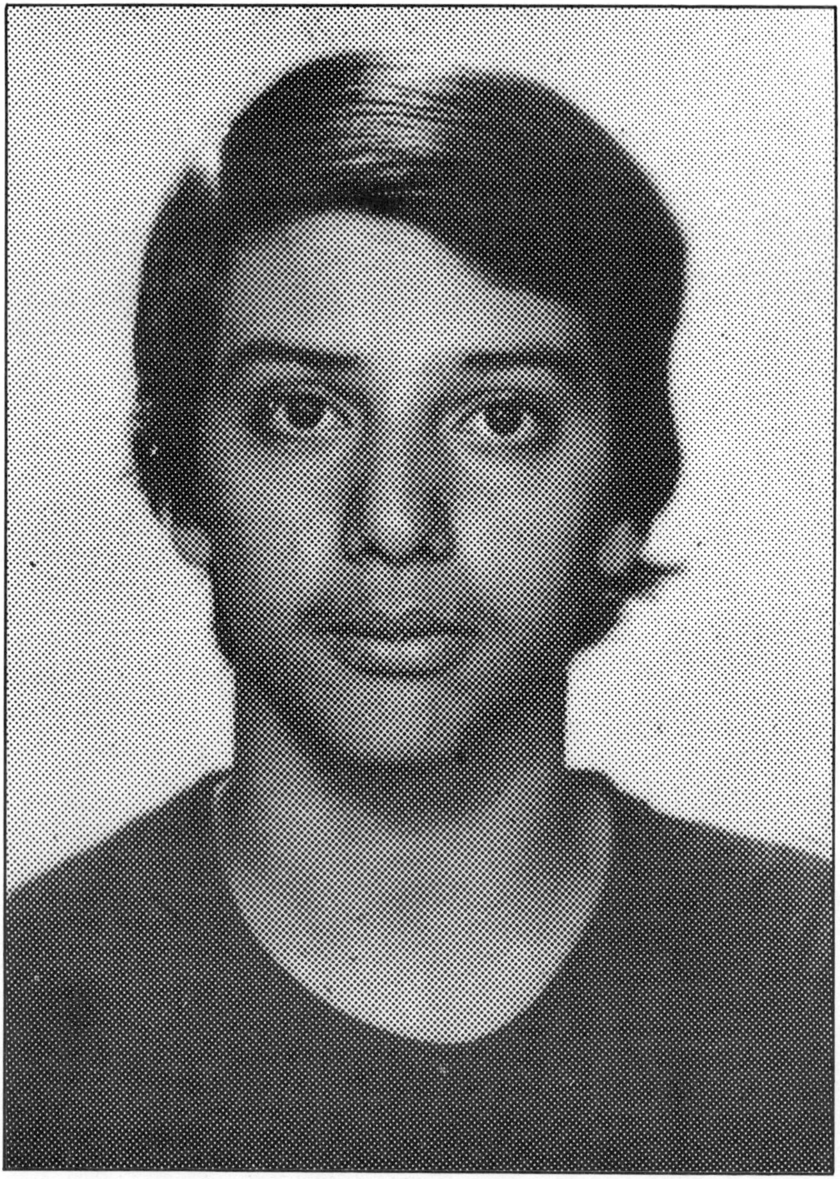

Marcelo Antônio La Serra

CAPÍTULO 5

DESENHOS E AFIRMATIVAS PREMONITÓRIAS

A desencarnação prematura do jovem Marcelo Antônio foi predita por ele mesmo, em muitas ocasiões, anos antes do fato.

Seus pais nunca valorizaram as palavras dele, nesse sentido, e só agora, após o acidente fatal de moto, vitimando Marcelo aos 16 anos, é que eles fazem, atendendo nosso pedido, uma análise retrospectiva da questão:

1. Ele sempre dizia que até 18 anos estaria morto, chegando a afirmar 4 vezes, em épocas diferentes: "Com 18 anos já estarei enterrado."

2. Poucos meses antes do acidente, tirou o valor de sua Poupança para enfeitar a moto, alegando: "Quero aproveitar hoje. Amanhã não sei. . ."

3. Criador de pássaros desde 7 anos de idade, época em que se inscreveu na Associação de Canários, Marcelo afirmou pouco tempo antes do acidente, para surpresa da família: "Eu vou dar os meus pássaros para papai."

4. Na festa de aniversário da priminha Karen, um mês antes do acidente, ao ser repreendido pela sua mãe

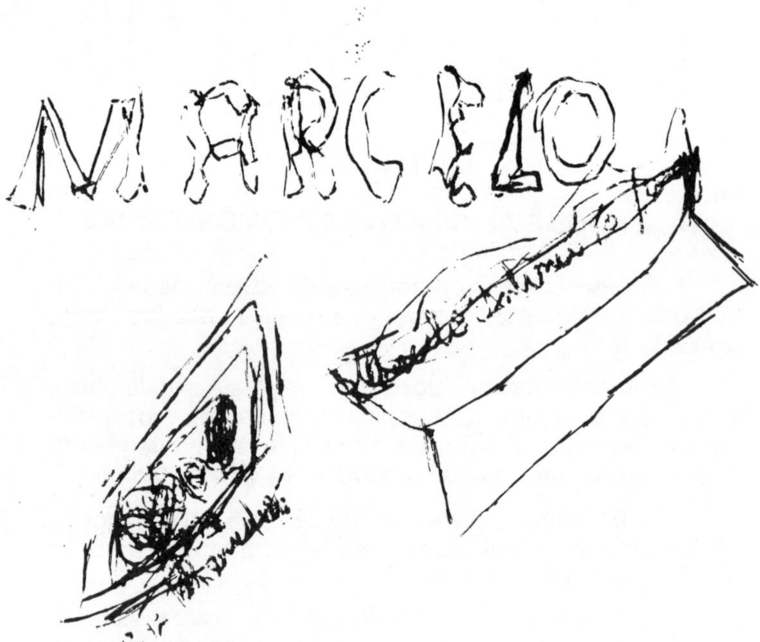

Desenhos premonitórios de Marcelo: duas urnas funerárias, uma com o seu nome, a outra com o nome do Sr. Romualdo, seu tio, encontrados num caderno escolar do jovem.

por tomar cerveja com o tio Romualdo, Marcelo exclamou: "Tio, vamos beber porque vamos morrer mesmo!" Romualdo La Serra desencarnou em Campinas, SP, a 16 de julho de 1983, de acidente vascular cerebral, dois dias após o passamento do sobrinho.

*

A motivação desta análise nasceu do encontro de dois desenhos, feitos por Marcelo, num caderno escolar, provavelmente pouco tempo antes de sua desencarnação. Encontrados por sua mãe, meses após o grave acidente de moto, eles caracterizam clara premonição, pois mostram duas urnas funerárias com os respectivos nomes de Marcelo e de seu tio Romualdo.

Tal interpretação, feita pelos próprios pais, foi plenamente confirmada pelo Espírito de Marcelo, ao redigir sua segunda carta mediúnica, pela psicografia de Chico Xavier, aos familiares queridos.

Como vemos, o jovem motoqueiro foi beneficiado pela Misericórdia Divina, ao receber a bênção de pressentimentos corretos e valiosos, que também auxiliaram os progenitores, preparando seus corações para tudo aquilo que estava programado pelo Mais Alto, que é sempre o melhor para nós, com vistas à Evolução Espiritual.

Eis as elucidativas cartas de Marcelo:

Mãezinha Enide e querido papai Udine, não esperem uma cantiga de lamentações. Tudo se passou naturalmente.

A moto e eu não tivemos tanta sorte como de outras vezes e a minha perícia enfim furada. Foi só isso.

Choque de cabeça, queda, contusões, escoriações e

outros contratempos ficaram no corpo que um dia, afinal de contas, atingiria a própria limitação.

Decerto, que eu queria viver, mas isso não conta; nunca se faz tudo quanto se quer. Embora as minhas gabolices de menino, aprendi isso tudo muito cedo. E, por isso me adaptei.

Podem dizer ao Udine Júnior que não há motivos para receios e frustrações. Estou vivo, talvez mais vivo do que aí. Por isso, não desejo ver meu irmão e meu companheiro exposto a crises de nervosismo que eu, por mim próprio, nunca soube o que seja.

Imagino-me em casa, sempre para chegar a cada noite, mais corajoso e mais feliz, para abraçar as obrigações nossas.

E peço, mãe, para que ninguém culpe a moto, que sempre fez o que eu quis. É uma ingratidão ouvir tanta gente reprovando um veículo precioso, sem a menor idéia de lhe enumerarem os seus benefícios.

Vim para cá, para a Vida Espiritual, como um estudante se afasta, simplesmente porque recebera a papeleta de saída, assim como anotação de colégio para que a gente regresse a casa.

Não estou muito bem, porque cheguei sem nenhuma preparação, mas também não estou mal, porque não me faltam bons amigos para o desdobramento do trabalho que é nosso.

Planos ainda não tenho, porque não sei o que há esperando por mim, e não me apresso a tomar conhecimento disso. Os Instrutores sabem o que se fará, assim como sucedem aos capitães de barcos que conhecem as minúcias da rota de embarcação que comandam, enquanto resta aos marinheiros a satisfação de cumprirem os encargos recebidos.

De qualquer modo, estejam todos certos na família, especialmente as minhas irmãs, de que estive aí a curto prazo e que prossigo desejando ser honesto com os encargos que assumo.

Não queria escrever-lhes uma carta de lágrimas. Choro por choro, já tivemos o maior no dia em que a gente se despediu, e os choros menores devem ser extintos no nascedouro, para que a paz nos acompanhe na união geral, que será o maior acontecimento para o futuro.

Esperemos o melhor, fazendo da vida um cântico à grandeza de Deus, que tudo nos concede em tamanho-família: sol transbordante, chuvas quase de incalculável dimensão, mar grande e variado, rios imensos, árvores que resistem a todas as espoliações para se nos mostrarem na condição de escravas de nossos desejos. Digo isso para que ninguém me venha falar de crise.

Deus é bondade perfeita; de nossa parte, somos maus receptores, porque a nossa inércia no mundo não nos consente os grandes saques honestos de forças da natureza. Respiramos o mínimo de ar, quando nos seria lícito sorver os manjares aéreos a longos haustos.

E assim vamos vendo. Bastar-nos-á querer e com algum trabalho, para não cairmos na moleza total, pois Deus já nos concede o super-suficiente para sermos felizes.

Queridos pais, é só isso. Penso, porém, que minhas pobres palavras, servirão para qualquer um.

Dizem-me que devo encerrar estar carta, o que faço agora, desejando a todos muita saúde e felicidade. Um grande abraço de filho, irmão, companheiro e colega, sempre grato

Marcelo Antônio.

Notas e Identificações

1 - Carta psicografada pelo médium Francisco C. Xavier, em reunião pública do GEP, Uberaba, MG, a 6/4/1984.

2 - *Mãezinha Enide e papai Udine* — Udine la Serra e Enide Loureiro La Serra, residentes em Campinas, SP, à Avenida Monte Castelo, n.º 10, Bairro Jardim Proença.

3 - *nunca se faz tudo quanto se quer. Embora as minhas gabolices de menino, aprendi isso tudo muito cedo. E, por isso me adaptei.* — Segundo seus pais, Marcelo Antônio sempre revelou-se um "espírito maduro", muito compreensivo, pois "tudo estava bem para ele".

4 - *Udine Júnior* — Udine La Serra Júnior, irmão.

5 - *Vim para cá, para a Vida Espiritual, (. . .) simplesmente porque recebera a papeleta de saída (. . .) estive aí a curto prazo* — Trechos que confirmam suas premonições quando em vida material.

6 - *Minhas irmãs* — Márcia e Andréa.

7 - *Respiramos o mínimo de ar, quando nos seria lícito sorver os manjares aéreos a longos haustos.* — É oportuno lembrar que André Luiz também nos alerta sobre o valor do ar livre, em algumas de suas obras, tais como: *Conduta Espírita,* W. Vieira, FEB, Caps. 32 e 34; *Os Mensageiros,* F. C. Xavier, FEB, Cap. 41; *Obreiros da Vida Eterna,* F. C. Xavier, FEB, Cap. 5.

8 - *Marcelo Antônio* — Marcelo Antônio La Serra, nascido a 4/3/1967, desencarnou a 14/7/1983, em acidente de moto, na cidade de Campinas, SP. Cursava a 7a. série do Supletivo, no Ateneu Paulista.

SEGUNDA CARTA

Querida mãezinha Enide e querido papai Udine, peço-lhes a bênção.

Quero dizer-lhes que a vovó Maria Dorigon vem me auxiliando como preciso e já me uni ao tio Romualdo para enfrentarmos, juntos, o caminho que nos aguardava efetivamente.

E os meus desenhos nasciam de minhas intuições que eu mesmo não sabia compreender; sentia, sem querer, que o tio Romualdo e eu estávamos renteando com a desencarnação; por isso é que tentei aquelas figuras que ficaram em meus cadernos.

A moto nada teve com isso, porque a minha máquina não se introduziria em meus pensamentos.

Aí está porque vão encontrando, aos poucos, os meus desenhos quase infantis, desenhos que me exteriorizavam as preocupações.

Muitas lembranças ao nosso Udine Júnior e às queridas irmãs Márcia e Andréa.

Para os meus queridos pais Udine e Enide, todo o coração do filho sempre grato,

Marcelo.

Nota e Identificação

9 - Psicografia de F. C. Xavier, em reunião pública do GEP, Uberaba, a 13/10/1984.

10 - *Vovó Maria Dorigon* — Bisavó materna, desencarnada em Campinas, SP, a 21/7/1971.

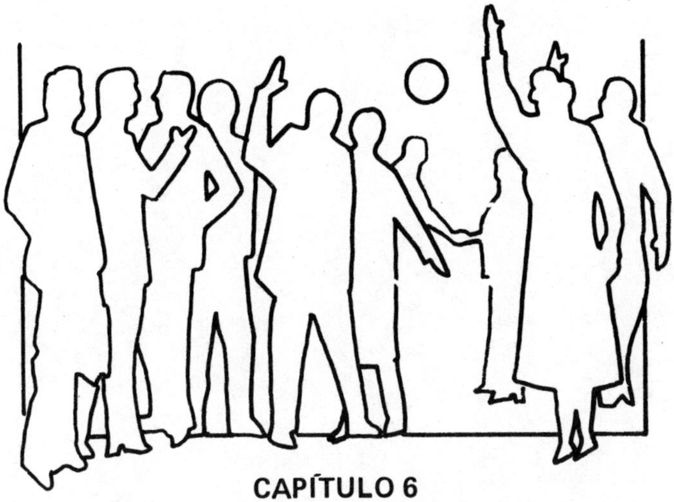

CAPÍTULO 6

"VIA MEU PRÓPRIO CORPO E ME ESPANTEI COM SEMELHANTE DUALIDADE"

Quase dois anos após atravessar a "ponte que separa as duas vidas – a vida da Terra e a vida espiritual" –, Alex transmitiu, em sua comovente carta mediúnica, muita paz e esclarecimento aos seus familiares, residentes na Capital paulista. A desencarnação do jovem, aos 13 de julho de 1982, havia sido totalmente inesperada, traumatizando toda a família, pois foi encontrado morto na rua, quando caminhava da praia à casinha de seu pai, onde se hospedava, em Caraguatatuba, SP.

Daí ter sido levado ao necrotério da localidade, para posterior autópsia. Esses momentos são relembrados em sua mensagem, quando conta que chegou a ver seu próprio corpo inerte, colocado numa mesa de pedra, espantando-se com tal dualidade, porque imaginava que era vítima de uma crise cataléptica.

Útil também para os estudiosos é a narrativa do jovem quanto ao esforço de adaptação dispendido no uso de órgãos perispirituais, quando ainda convalescente da desencarnação.

Alexandre Augusto Pandolfelli

Eis a interessante carta de Alex:

Querido papai Jules, associo a mãezinha Elvira ao coração e peço-lhes me abençoem.

Tenho seguido o seu caminho de saudade e de amor, que ficou sendo igualmente o meu. Compreendo o impacto daquela retirada do meu corpo físico.

Hoje, tudo compreendo; gastei tempo para isso, porquanto não é fácil deixar o sonho da vida física, quando a gente está sonhando com muitas realizações. Sonho da vida física, para seu filho, agora, é tudo o que constitui a paisagem da experiência humana, porquanto mentores amigos me esclareceram de tal modo que entendo a realidade no reverso de todos os quadros da vida no mundo que deixei às pressas.

Quando alinho estas referências, não posso me gabar de qualquer pretensão, porque foi muito gota a gota que o conhecimento relativo das situações humanas me penetrou a cabeça. Primeiro, foi o pesadelo trançado em sofrimentos sem nome. Senti o coração parar no peito, ao modo de um motor que se apaga em plena marcha do carro. Quis reagir, recalcitrar, mas onde a energia para isso?

Minhas faculdades esmoreceram gradativamente e, por fim, o torpor no cérebro me venceu totalmente. Ainda assim, o fato não desapareceu de maneira assim tão rápida. Registrei o calor das mãos que me carregava e uma esperança ainda me bailou na imaginação.

Estaria eu catalogado entre as vítimas da catalepsia?

Ouvira histórias várias de pessoas aparentemente mortas, que retornavam à vida. Poderia eu ser um deles. No entanto, a minha ilusão se desfez ao reconhecer que já não me achava pensando com a minha cabeça de rapaz afastado do conhecimento comum das coisas. Via meu próprio corpo e me espantei com semelhante dualidade. Fora acomodado num leito duro, pois o necrotério não teve para mim a feição de qualquer ambiente em conexão com a morte. Aquela mesa, a meu ver, era um ponto de repouso diferente dos nossos em casa.

O assombro, no entanto, me desorientava, porque não sentira qualquer dor, a não ser uma espécie de estalo surdo na caixa torácica. E em torno de mim, via pessoas e até mesmo conhecidos que não me viam. Dirigia-me a um e outro dos presentes, solicitando que a sua presença e a presença da mamãe Elvira viessem ao meu encontro. Desejava medicina em São Paulo. Não desmerecia os recursos de Caraguá, entretanto, pensava que haveria meios na Capital, a fim de que meu corpo inerte se reativasse.

Ai de mim! Os enganos do rapaz encontraram ponto final mais depressa do que eu próprio desejara. Sem palavras para dominar a minha surpresa, a princípio claramente amedrontado, vi uma senhora e outra que me conheceram e me dirigiram a palavra: "Alex", disse uma delas, "você precisa descansar". De quem seria a frase? Da vovó Jacira?

Quis duvidar de mim mesmo; no entanto, a frase estava carregada de carinho e valera por hipnose irresistível. Quando a outra senhora que se nomeou por Elvira, a dizer-se amiga da minha avó, me abraçou, intensa emoção me tomou o íntimo e comecei a chorar, até mesmo ignorando por que, de vez que não me encontrava convencido quanto à desencarnação experimentada. E a minha comoção me abalou tanto que, a breves momentos, eu dormia, ali mesmo, naquele espaço frio em que diversas pessoas expressavam opiniões diferentes.

Agora, meu pai, você sabe como foi o começo de minha transformação; do que se passou com o veu veículo inerme nada mais fiquei sabendo. A morte, ao que parece, é cercada por leis de Compaixão Divina, porque me rendi a um sono providencial, qual se houvesse sorvido uma taça enorme de sedativos. Quando despertei, a palavra retornou à minha garganta e não a garganta me retomou a palavra, porque percebi que falar, através do novo corpo que passei a usufruir, reclamava muito esforço.

Era um convalescente estranho sem haver experimentado moléstia alguma de que me acusasse.

Mas, fazer funcionar os meus novos órgãos de manifestação exigia muito trabalho. Principiei balbuciando frases sem sons, qual se houvesse voltado a ser criança. Em breve tempo um amigo, que se me deu a conhecer por vovô Adolfo, me incentivou ao diálogo e aceitei o desafio, conquanto chorasse, porque a presença de pessoas tãos queridas, de que ouvira referências em casa, não me deixava qualquer ilusão. Já não pertencia à existência física e a evidência disso me amargurava o coração.

Queria ver os pais queridos, a Silmara e o nosso Jules, queria rever amigos e desfrutar de calma junto a todas as minudências que me representavam os hábitos, mas sabia instintivamente que isso não me seria possível.

Papai, agradeço a Deus a oportunidade que me proporcionaram no sentido de falar-lhes destas notícias. Creia, daria tudo o que eu tivesse para ficar ao seu lado, de modo a formarmos juntos uma dupla animada em serviço, e a idéia de haver fracassado me abatia em todo os sentidos.

Foi meu avô quem me forneceu explicações e mais explicações, e a lógica não me consentia prosseguir com lágrimas, quando necessitava de resolução para me adaptar ao novo meio e aprender a servir. Agora que estou na escola da utilidade, buscando qualidades para ser o seu companheiro espiritual, posso dizer-lhe que as saudades ainda são muitas.

Pai, não abandone a nossa casinha perto do mar. A Silmara Cristina e o Jules, tanto quanto me sucedia, quererão convidar amigos para alguma estação de repouso. Não deixe nossas músicas emudecidas, deixe que a alegria torne a morar em nosso recanto.

Querido pai, não acham você e a mãezinha Elvira que já choramos o suficiente?

Não tenha dúvidas, estou vivo, mais acordado do que no tempo em que eu dormia no corpo pesado, e preciso de sua tranqüilidade e da sua força de pai e companheiro a fim de complementar a minha transfiguração. Não permita que a tristeza lhe ensombre o espírito. Lembre-me alegre e feliz. Não mentalize o meu quadro final na experiência que passou. Esteja certo de que viveremos e de que Deus só permite a perenidade da alegria. Todas as sombras se desfazem. Todo o sofrimento é passagem sem ser uma condição certa. Quero transmitir-lhe a certeza do que afirmo.

Estamos nós dois juntos como em outro tempo dentro daquela comunhão espiritual que sempre nos identificou um com o outro. Muito teria a dizer, mas o meu avô Adolfo é de parecer que eu já disse o que mais desejava.

Muito amor aos irmãos e muitas lembranças aos amigos.

Diga à mãezinha Elvira que atravessei a ponte que separa as duas vidas — a vida da Terra e a vida espiritual, e beije-lhe a face querida por mim. E receba, querido pai e meu maravilhoso amigo, todo o coração do seu filho

Alex.

Alexandre Augusto Pandolfelli.

Notas e Identificações

1 - Carta psicografada por Francisco C. Xavier em reunião pública do GEP, Uberaba, MG, a 3/2/1984.

2 - *papai Jules e mãezinha Elvira* — Casal Jules Verne Moreira Pandolfelli e Elvira Carsola Pandolfelli, seus pais.

3 - *vovó Jacira* — Jacyra Moreira Pandolfelli, avó paterna, desencarnada em 3/1/1982.

4 - *Elvira* — Madrinha da avó materna.

5 - *percebi que falar, através do novo corpo que passei a usufruir, reclamava muito esforço.* (. . .) *Mas, fazer funcionar os meus novos órgãos de manifestação exigia muito trabalho.* — O novo corpo referido é o perispírito ou corpo perispiritual, que é também formado por órgãos, pois ele é o "molde fundamental" para a formação do corpo físico. A propósito, respondendo à pergunta: "Há órgãos no corpo espiritual?", que recebeu o n.º 30, do livro *O Consolador* (Francisco C. Xavier, FEB), Emmanuel esclarece-nos: "Dentro das leis substanciais que regem a vida terrestre, extensivas às esferas espirituais mais próximas do planeta, já o corpo físico, excetuadas certas alterações impostas pela prova ou tarefa a realizar, é uma exteriorização aproximada do corpo perispiritual, exteriorização essa que se subordina aos imperativos da matéria mais grosseira, no mecanismo das heranças celulares, as quais, por sua vez, se enquadram nas indispensáveis provações ou testemunhos de cada indivíduo." (Ver também: "O Perispírito", Cap. VI, *Roteiro,* Emmanuel, Francisco C. Xavier, FEB; e "Gênese dos órgãos psicossomáticos", do Cap. IV, Primeira Parte, *Evolução em Dois Mundos,* André Luiz, F.C. Xavier e W. Vieira, FEB.)

6 - *vovô Adolfo* (. . .) *de que ouvira referências*

em casa – Adolfo Moreira Franco, bisavô. Alex, de fato, não o conhecera, pois ele desencarnou em 1936.

7 - *Silmara e Jules* – Silmara Cristina Pandolfelli e Jules Verne Pandolfelli, irmãos.

8 - *Alex. Alexandre Augusto Pandolfelli.* – Alex, assim chamado na intimidade, nasceu a 8/6/1963. Cursava o 2.º Ano Colegial. O sr. Jules Verne contou-nos, em entrevista fraterna, que seu filho, ao terminar de ler o livro *Jovens no Além* (F.C. Xavier, Espíritos Diversos, Caio Ramacciotti, GEEM), meses antes da desencarnação, perguntou: "Tudo isso existe?" Hoje, vem confirmar as cartas dos jovens autores daquele livro, trazendo também, nesta obra, sua preciosa contribuição, com palavras confortadoras e instrutivas para todos nós.

CAPÍTULO 7

ENFERMIDADE E RESGATE

Renatinho, inteligente e forte garoto de 10 anos, apresentou, repentinamente, sinais de grave enfermidade no cérebro. Após vários exames especializados, os médicos chegaram à conclusão de que se tratava de tumor, e a única esperança de cura fundamentava-se numa cirurgia.

Os pais, naturalmente, de início, titubearam diante da decisão: concordar ou não com a programada operação. Mas, consultas a outros especialistas deram-lhes força para autorizarem a cirurgia.

Realizada a delicada intervenção, o pós-operatório não evoluiu bem. Renatinho permaneceu em coma por cinco dias, até a sua desencarnação, em 5 de outubro de 1980.

Como agravante da perda do filho querido, o casal passou a cultivar um doloroso sentimento de culpa por ter autorizado a cirurgia, que só foi desfeito após o recebimento de notícias do próprio Renatinho, Espírito, conforme nos relatou o casal, neste trecho de atenciosa carta:

"Ficou em nós um sentimento de culpa por termos

Renato Rodrigues e sua irmãzinha Tatiana.

autorizado a cirurgia. Fizemos bem ou não? Ficamos quase enlouquecidos. É por isso que ele escreveu esta frase: 'Peço ao papai Luiz não se impressionar, como se fosse ele o autor da decisão da medicina.'

A carta de Renato nos deu muito conforto, porque tivemos a confirmação de que nosso filho continua vivo no Plano Espiritual."

*

Outro ponto relevante da Primeira Carta do garotinho foi a explicação de sua enfermidade, com base na Lei de Causa e Efeito ou Cármica, dizendo claramente, com base em informações de seus avós, que resgatou uma dívida de existência anterior.

A seguir, suas consoladoras palavras:

Querida mãezinha Daisy e querido papai Luiz, abençoem-me.

Sou trazido pelo meu avô Ponciano para reafirmar-lhe que estou melhorando.

Não quero vê-los amargurados como se me houvessem perdido. Tudo aconteceu conforme as determinações de Deus.

Mãezinha, lembre-se de quando você me ensinava a fitar o retrato de Jesus e me pedia repetir o nome santo. Não poderemos esquecer as nossas orações de mãos postas. Desde o tratamento difícil refletia em Jesus, e na vontade de Jesus.

Peço ao papai Luiz não se impressionar, como se fosse ele o autor da decisão da medicina. Quem nos obrigou a aceitar as providências em que nos envolvemos foi a minha doença que estou aprendendo aqui, com o vovô

Luiz e com o vovô Ponciano, a receber como sendo a minha dívida. Por enquanto não sei onde a fiz, mas muita gente perde a memória para recuperá-la depois, e devo ser uma dessas pessoas que não se recordam de muitos acontecimentos que estão trancados na retaguarda.

Peço dizerem à nossa Tati que não morri e que espero aprender muito do que vejo em nosso campo de moradia, a fim de auxiliá-la mais tarde.

Querida mamãe Daisy e querido papai Luiz, chegou o momento de traçar o ponto final. O avô Ponciano me convida a encerrar esta carta de saudades e é com muito amor que os revejo ao meu lado e que lhes posso repetir aqui nesta folha de papel que sou o filho que os ama cada vez mais,

Renatinho.

Renato Rodrigues.

Notas e Identificações

1 - Carta psicografada pelo médium Francisco C. Xavier, em reunião pública do GEP, Uberaba, a 23/10/1981.

2 - *Mãezinha Daisy e papai Luiz* — Daisy Ramos Rodrigues e Luiz Rodrigues, seus pais, residentes em São Paulo, Capital.

3 - *avô Ponciano* — Ponciano Cláudio, bisavô, desencarnado em 1968.

4 - *Mãezinha, lembre-se de quando você me ensinava a fitar o retrato de Jesus* — "Dois dias antes da cirurgia, meu filho pediu-me para levá-lo à igreja, pois ele queria acender uma lamparina para Jesus e N. Senhora Apa-

recida. Levei-o e ao sair disse-me sentir aliviado com a oração." (Informação de D. Daisy, em sua carta).

5 - *Não poderemos esquecer as nossas orações de mãos postas.* — "Depois de seu falecimento sentia-me revoltada e sem fé. Creio que por isso ele menciona que não devemos esquecer nossas orações.", esclareceu-nos D. Daisy.

6 - *vovô Luiz* — Luiz Ramos, bisavô desencarnado.

7 - *Tati* — Tatiana Rodrigues, irmã.

SEGUNDA CARTA

"Observando o corpo diferente, mas igual ao que usara no mundo físico, fiz várias perguntas à minha avó que passou a me transmitir as informações necessárias."

Querida Mãezinha Daisy, associo meu pai ao pedido de bênção que lhe endereço.

Tenho recebido os seus apelos. Queria alguma notícia, alguma informação acerca do Renato. . . Ouço-a a dizer e a redizer isso muitas vezes.

Mãezinha Daisy, minha anotação melhor é a de que a dor alucinante na cabeça passou por completo. Para mim não foi tão fácil desvencilhar-me da casa e dos entes queridos.

Sofria muito no corpo; entretanto, a idéia da morte não quadrava com qualquer desejo, no sentido de alcançar as melhoras precisas. Compreendia o trabalho que lhes dei, com aquele mundo de indagações sobre exames e instruções para que meu cérebro se descartasse do mal que me oprimia. Os dias e as noites para nós eram muito longas, como são longas as expectativas dos desesperados. . .

Gradativamente, um grande cansaço me tomou todas as forças. Sem querer, aceitei a idéia da libertação do corpo fustigado de dores. E me lembro claramente da neblina que se fez sobre mim, a ponto de enxergar pessoas e cousas com grande dificuldade. Em dado momento, um rosto sorridente emergia daquela névoa grossa e ouvi a voz de alguém, induzindo-me a erguer-me. Entretanto, não me seria fácil pensar nisso. A minha prostração era absoluta, mas aquela face maternal me falava com tamanho vigor de fé que me esforcei, de leve, e levantei-me, ignorando que me desligava do corpo pesado e doente.

Nesse mesmo instante, pude transpor a neblina e receber o abraço de uma senhora, a senhora que me fitava com bondade e otimismo. Explicou-me que era a minha avó Antonieta a cooperar no meu afastamento do corpo que não apresentava utilidade alguma para mim. Achava-me, porém, muito abatido e a cair de sono; e entreguei-me, de todo, à criatura abençoada que me vinha socorrer espontaneamente.

Estava de minha parte muito sofrido e acabrunhado para refletir sobre o fenômeno da morte e deixei-me conduzir ao entorpecimento que me posseava todos os sentidos. Dormi descuidadosamente, sem a possibilidade de precisar, até agora, quanto tempo gastei nessa condição de alienado mental, totalmente entregue a sonhos e pesadelos.

Quando despertei, a mesma senhora se acomodara junto de mim, demonstrando dedicação invulgar. Lutei bastante para recuperar a fala, porque os meus nervos jaziam silenciosos e petrificados, no meu entender. Depois de muitos exercícios é que reconquistei o dom de falar com segurança. Observando o corpo diferente, mas igual ao que usara no mundo físico, fiz várias perguntas à minha avó que passou a me transmitir as informações necessárias.

Não mais sentia dores e explicava ela que isso se devia à ausência do tumor que me incomodava tanto. . . Creia, porém, mãezinha Daisy, que chorei muito ao reconhecer que me encontrava noutro ângulo da vida, a Vida Espiritual, que ninguém na Terra conhece inteiramente, sem haver passado pela desencarnação. As lembranças da casa me doíam por dentro e as lágrimas me caíam do coração, através dos olhos, mas a avó Antonieta me esclareceu que me observava, satisfeita, as melhoras positivas.

Aquilo era um estímulo a que prosseguisse no esforço da liberação do Plano Físico e aderi aos propósitos de minha avó que me queria vigoroso e alegre para iniciar vida nova.

Assim se passam meus dias de restauração na Vida Maior e espero que Jesus nos proteja.

Agradeço a todos quanto fizeram por mim e peço-lhe, mãezinha, para interpretar-me o reconhecimento junto de quantos me auxiliaram.

Hoje venho pedir-lhe conformação e fé em Deus e a certeza de que um dia nos encontraremos na Espiritualidade Maior. Reconheço a minha pequenez, mas me esforçarei para vencer o tempo e ganhar as possibilidades de estar mais perto do seu carinho e do pai Luís, que está sempre em minhas lembranças.

Muito carinho à nossa Tatiana, e abraçando-a com o papai e com os nossos em minhas lembranças, sou, como sempre, o filho reconhecido,

Renato.

Renato Rodrigues.

Notas e Identificações

8 - Psicografia de Francisco C. Xavier, em reunião Pública do GEP, Uberaba, a 15/2/1985.

9 - *Tenho recebido os seus apelos. (. . .) Ouço-a a dizer e a redizer isso muitas vezes.* — A morte física não impede que as criaturas que se amam permaneçam ligadas pela força do pensamento. O fluido universal que envolve a todos — encarnados e desencarnados — permite a sintonia mental (telepática) das almas afins.

10 - *avó Antonieta* — Bisavó materna.

11 - *Lutei bastante para recuperar a fala, porque os meus nervos jaziam silenciosos e petrificados, no meu entender. Depois de muitos exercícios é que reconquistei o dom de falar com segurança.* — Observa-se que o cérebro do corpo espiritual (ou perispírito) de Renatinho — corpo que ele considera "diferente, mas igual ao que usara no mundo físico" — sofreu reflexos da doença que o acometeu em vida física. (Ver Nota 5 do Capítulo 6.)

CAPÍTULO 8

MOTOQUEIRO LEVANTA-SE E PASSA POR CIMA

Aqui comparece Luciano de Castro Alves Machado, vitimado em acidente de moto, a 19 de fevereiro de 1982, portador de mensagem otimista e consoladora, conseguindo, com o seu palavreado descontraído, brincar – brincalhão que era em vida física – e falar sério ao mesmo tempo.

E ele conseguiu o seu objetivo: "Estou nesta carta, com todas as minhas reservas de alegria para deslocar o pó de amargura que a minha viagem súbita tem deixado em nosso ambiente." – pois seus pais, residentes na Capital goiana, em atenciosa missiva, nos disseram: "Na família, a repercussão da mensagem foi muito grande, proporcionando um conforto maravilhoso para nós: os pais, irmãos e tios."

Ouçamos as palavras do destemeroso motoqueiro:

Ôi, mamãe Eunice.

Estamos aqui, morte nada.

Apenas um susto leve que me atirou em *barra pesada.* Que a queda foi um assunto para muitas anotações, não tenho dúvida. Mas queda de máquina quase voadora é assim mesmo. A gente se levanta, vê o monte de poeira e passa por cima.

O certo, mãe querida, é que se eu conseguisse voltar de improviso à nossa casa, o meu pedido de apoio para a aquisição de novas galochas em estilo super-honda seria aquele mesmo de quando me entendi com o papai Manoel sobre a minha máquina favorita.

Essa história de mortes por velocidade na Terra chega a ser um tabu.

Todos os dias, que se consulta o necrológio nos jornais, é muita gente privada do mundo e não transitavam em moto alguma.

Quando a dona da separação está chegando, ela manda e não pede. E a gente fica estimando-a do mesmo modo.

Perdoe-me se voltei para cá sem aviso. O *negócio* apertou na hora e não houve tempo para simples anotações. Estou, entretanto, nesta carta, com todas as minhas reservas de alegria para deslocar o pó de amargura que a minha viagem súbita tem deixado em nosso ambiente.

Você, mamãe Eunice, desejará saber com razão, quem me recebeu aqui, depois que me desfiz da roupa imprestável. Foi o vovô Cristiano, que não conheci de pronto. Ele sorriu para mim e conquanto me tive atarantado, na ocasião me falou com calma que, se estivesse em meu lugar, teria aproveitado o máximo, amigo nobre e feliz. Acolheu-me com as condecorações de um parente rico sem qualquer empáfia. Tanto me carregou nos braços, como me serviu alimentação e remédio, antes que eu viesse a cair no sono.

Depois, quando me viu cochilando, vencido e indisposto, entregou-me à vovó Maria Rosa para que não me faltasse uma enfermeira prá ninguém botar defeito.

Engraçado é que encontrei naturalidade em tudo. Soube que aí se chorou muito; no entanto, em nosso meio a alegria foi geral, quando me vi refeito e colocado de pé.

Não desejo a morte para ninguém, porque aí no mundo, a coitada é tão mal vista e tão mal entendida que basta um elogio a ela para que qualquer ouvinte se faça *cabreiro.* Mas essa infeliz carcereira da chave de abertura não consegue mostrar às criaturas que é mensageira do bem e da paz. Em meu caso, tudo funcionou com acerto. Figurino exato. Mas não estou prosando à maneira de menino birutado com novidades que ainda não chegou a compreender. Falo da morte com o respeito que lhe devemos, não só pelo socorro que nos oferece, como também pelas lágrimas que ela provoca nas pessoas que amamos.

Não me suponha desligado da família, saudade aqui é aquela tirana que se bebe à força, todos os dias; no entanto, creio que toda família deve possuir um representante aqui na vida espiritual. A vovó Maria Rosa ocupava esse cargo desde 1976. Agora deve ser eu quem me incumba de nossos assuntos, embora esteja longe de qualquer privilégio.

Estou fazendo força, qual acontece a qualquer rapaz que já sabe que não atravessará esse ou aquele vestibular, à custa de lágrimas. Com o choro consigo piedade e não é disso que preciso. Afirmando isso quero explicar ao seu carinho, ao papai Manoel, ao Eduardo, ao Humberto e ao Fernando que tenho coração para sentir e chorar, e que sou agradecido aos sentimentos de amor com que me seguiram em meu percurso para cá, no qual a gente está com a multidão dos amigos somente enquanto a porta de saída está visível. E já que o viajante, isto é, nós outros, os desencarnados, estamos na mordaça do silêncio, qualquer um dos amigos que obtenho por aqui, se pudesse, na hora do adeus estaria pronto à gratidão e ao xingatório.

Não sei, não; creio, entretanto, que muitos companheiros da família vão ao cemitério a fim de fazer presença com interesse oculto, caindo fora, logo que possível.

O viajante, porém, aquele que parte não tem direito e nem passagem de volta. A viagem da morte é de mão única. Por isso mesmo, admito que tenho razão para afirmar que tudo acatei sem mesquinharia e sem medo. Já que era preciso mudar, e com a autoridade de outros a pensar na solução do problema, agüentei firme.

Meu pranto de saudade dos pais queridos e dos irmãos inesquecíveis foi cousa de estudante escondido no quarto nos primeiros tempos de internato, para recordar o carinho de casa, e não chorar nos travesseiros inutilmente. É isso aí.

Ninguém terá o topete de afirmar que entrei na vida espiritual fugindo de lobisomens. Encontrei meu avô Cristiano, recebi a dedicação da vovó Maria Rosa e estou fazendo força para minimizar o trabalho da família a meu respeito.

Mãezinha Eunice, agradeço os seus parabéns e orações do dia 21 passado; os seus pensamentos de ternura e bondade, rogando a Jesus por mim, foram o melhor brinde de aniversário que recebi até hoje.

Creio haver trazido minhas notícias no padrão desejável, nem regozijo de ausência, nem lamentação por ordens recebidas.

Lembranças aos irmãos queridos, pensando também no carinho de Eliomar. Para você, mãezinha Eunice, e para o meu pai Manoel, um beijo de muita saudade e muita confiança em Deus do seu filho, aliás, do seu filho de sempre,

Luciano.
Luciano de Castro Alves Machado.

Notas e Identificações

1 - Carta psicografada por Francisco C. Xavier em reunião pública do GEP, Uberaba, a 03/9/1983.

2 - *Mamãe Eunice e papai Manoel* — D. Eunice de Castro Machado e Dr. Manoel Alves Machado, seus pais.

3 - *Vovô Cristiano* — Cristiano Corra Rosa, bisavô, desencarnado em 1941.

4 - *Vovó Maria Rosa* — Maria Rosa de Castro, avó materna, desencarnada em 1976.

5 - *a morte (. . .) é a mensageira do bem e da paz. Em meu caso, tudo funcionou com acerto. Figurino exato.* — À luz do Espiritismo, Luciano tem razão. O momento da morte é determinado pelos Desígnios do Criador, que nos comandam os destinos com Justiça e Misericórdia Perfeitas (*O Livro dos Espíritos,* Kardec, Questão 853), sendo ela, portanto, a mensageira do melhor para cada um de nós. A desencarnação prematura do jovem não foi provocada por imprudência, mas estava programada pelo Mais Alto, conforme suas palavras, agora alicerçadas em compreensão mais ampla.

6 - *Eduardo, Humberto e Fernando* — Irmãos.

7 - *Eliomar* — Colega de Luciano, que também transitava em outra moto na hora do acidente.

8 - *qualquer um dos amigos que obtenho por aqui, se pudesse, na hora do adeus estaria pronto à grati-*

dão e ao xingatório. (. . .) muitos companheiros da família vão ao cemitério a fim de fazer presença com interesse oculto, caindo fora, logo que possível. — Sobre a importância da caridade para com os recém-desencarnados, nos velórios ou nos enterros, que pode ser exercida com a prece, o silêncio ou a conversação digna, é comentada pelo Espírito de André Luiz em alguns de seus livros, tais como: *Conduta Espírita* (W. Vieira, FEB, Cap. 36); *Obreiros da Vida Eterna* (F.C. Xavier, FEB, Cap. 14); *Sexo e Destino* (F.C. Xavier, W. Vieira, FEB, Segunda Parte, Cap. 5)

9 - *Luciano de Castro Alves Machado* — Nascido em Goiânia, GO, a 21/8/1961, exercia as funções de Escrivão Substituto do 2.º Cartório dos Feitos da Fazenda Pública Municipal de Goiânia. Sempre prestativo, humilde e alegre, tornou-se um filho exemplar. Através de Lei Municipal, datada de 28/3/1982, a Prefeitura da Capital goiana prestou expressiva homenagem póstuma ao jovem, dando o seu nome à rua onde residem seus pais, antes denominada Base Aérea.

CAPÍTULO 9

ENTENDIMENTO E PERDÃO

D. Mariluci Dermínio Campos, residente na cidade paulista de Franca, ao dirigir-se a Uberaba, Minas, em busca de notícias mediúnicas do filho querido, desencarnado em acidente de moto, oito meses antes, sentia-se revoltada com os fatos que envolveram a tragédia, especialmente contra o motorista considerado culpado.

"Justamente na semana em que fui a Uberaba" — escreveu-nos D. Mariluci, em carta datada de 4 de abril de 1985 — estava muito revoltada, e na viagem comentei só com meu esposo e minha amiga, acompanhante, que desejava defesa para meu filho. Antes não havíamos cogitado de procurar advogado para tal fim."

E a carta do jovem Márcio Agnaldo veio na noite daquele mesmo dia, 1.º de junho de 1984, em reunião pública do Grupo Espírita da Prece, trazendo muito conforto e orientação aos familiares, e abordando, especialmente, a questão da culpabilidade do motorista.

"A mensagem — um bálsamo para nós — surpreendeu-nos ao relatar detalhes da vida do motorista que acidentou nosso filho, porquanto nada conhecíamos a res-

Márcio Agnaldo Dermínio Campos

peito. No meu coração só havia revoltas; hoje, só perdão a esse senhor." – esclareceu-nos ainda D. Mariluci, na carta referida.

Ouçamos as palavras de Márcio Agnaldo, psicografadas por Chico Xavier:

Querida mãezinha Mariluci e querido papai, venho dizer-lhes que estou sempre melhor.

As saudades não faltam. Débora, a companheira que me proporcionou tantas felicidades, e as queridas irmãs Maristela, Mariângela e Marília permanecem dentro de mim.

O acidente já passou, e justamente sobre isso, estabeleço o nosso contato pedindo aos queridos pais não fazerem carga contra o motorista, injustamente apontado na condição de culpado, por haver tomado um trago de bebida que lhe acrescentasse disposição de trabalhar.

Pais queridos, muitas vezes fitamos um homem de serviço, sem lhe considerar a retaguarda. Acontece algum erro, um companheiro desses está envolvido e ainda não vi ninguém perguntando pelas horas contínuas a que terá servido na máquina sem substituição; de outras vezes, a imaginação se lhe toldou por momentos, em recordando um filhinho gravemente enfermo ou a esposa hospitalizada em vasta enfermaria com a necessidade de horários marcados para que esse mesmo homem lhe veja o rosto.

Papai e mãezinha Mariluci, e se fosse eu a pessoa no lugar desses amigos aos quais me reporto?

E se eu não tivesse o papai Paulo e a mãezinha Mariluci, e fosse entregue, em criança, à ventania da noite, com fome e frio, por falta de um lar?

E se crescesse de face trancada para o mundo e para a vida, aceitando, por necessidade de obter o pão de cada dia, o lugar de um ajudante desvalioso na boléia de um caminhão?

Creio que a minha mãe, decerto, na Vida Espiritual, agradeceria às pessoas que me estendessem auxílio.

Pois é nesse quadro que me baseio para solicitar-lhes uma atitude de reserva e compaixão para com o motorista que me arredou do corpo físico, buscando não lhe piorar as condições perante a opinião pública.

Agradeço as preces de Anair em meu benefício e quero dizer à Débora que posso muito pouco ou nada posso ainda; entretanto, pedirei a Deus que ela seja feliz.

Nem sempre realizamos as nossas projetadas uniões no mundo, mas, que força haverá maior que a do amor que liga os corações que se amam, no bronze do para sempre? Débora é uma nobre menina que Deus protegerá.

Às queridas irmãs, o meu abraço e, por favor, queiram os meus queridos pais receber o coração mutilado pela saudade e animado pelas melhores esperanças, do filho que tudo lhes deve no que já consegue realizar e em tudo aquilo que poderá ser no futuro.

Muito carinho e reconhecimento do filho que lhes pertence perante Deus,

Márcio Agnaldo Dermínio Campos.

Notas e Identificações

1 - *papai* — Sr. Paulo Campos de Souza, que reside com sua família à Rua Simpliciano Pombo, 497, em Franca, SP.

2 - *Débora* — Namorada.

3 - *Maristela, Mariângela e Marília* — Irmãs.

4 - *o motorista* – "Trata-se de um senhor de 54 anos de idade, que sempre trabalhou em fazendas, como fiscal. Tem problemas com os filhos e com a esposa, sempre internada em hospital psiquiátrico." (Informação de D. Mariluci.)

5 - *Márcio Agnaldo Dermínio Campos* – Nascido em 9/4/1965, desencarnou em Franca, SP, a 6/10/1983, quando cursava o 1.º Colegial. Embora jovem e de família católica, interessava-se por questões do *outro lado da vida,* buscando sempre e espontaneamente esclarecimentos junto ao sr. Antônio Bonafin, amigo da família e antigo presidente do Centro Espírita "Francisco Borassi". Ultimamente, lia livros espíritas, que devem tê-lo ajudado em sua feliz adaptação no Mundo Maior.

CAPÍTULO 10

NOIVOS OUTRA VEZ. . .

Desencarnada às vésperas de completar 87 anos de idade, D. Nayá Siqueira de Amorim, de Goiânia, GO, deixou aos seus familiares as melhores lembranças que uma esposa, mãe e avó dedicada e virtuosa pode doar aos seus entes queridos.

Em sua longa e útil trajetória terrena também não esqueceu dos mais necessitados de outras famílias, dos irmãos em Deus — segundo depoimento de suas filhas Lélia e Lelé —, principalmente quando abraçou a Doutrina Espírita, que "a lançou numa ordem de coisas tão novas e tão grandes, que modificou totalmente sua vida, tornando-a mais desprendida, caridosa e humilde."

D. Nayá sempre deu muito valor ao trabalho e dizia que "o vício entra pela hora vazia." Levantava-se muito cedo e, de manhãzinha, os vizinhos já podiam escutar o barulho de sua máquina de costura, onde confeccionou, com carinho, centenas de roupas para os necessitados.

Na velhice, foi muito resignada, suportando os sofrimentos dos últimos anos sem queixa e amargura, dan-

Nayá Siqueira de Amorim

do sempre exemplos de fé e otimismo. "Quando ainda tinha condições de usar o telefone, utilizava-o para transmitir coragem e alegria aos familiares e amigos. Filhos, genros e netos adoravam suas cartas e chamavam-na 'fortaleza'."

Como veremos a seguir, um ano após sua desencarnação, em 12 de outubro de 1984, na reunião pública do Grupo Espírita da Prece, em Uberaba, pelo lápis mediúnico de Chico Xavier, ela voltou a dialogar com as filhas queridas, em carta repleta do habitual carinho maternal e rica em informações, que comoveu toda a família, principalmente quando abordou o episódio do reencontro com o esposo, já domiciliado no Além: "Queridas filhas, cheguei a pensar que éramos noivos outras vez e foi com lágrimas de alegria que agradecia a Deus por todas as estradas que atravessamos no mundo. . ."

Queridas filhas, Lélia e Lelé.

Deus nos abençoe.

Ainda me vejo convalescente, embora com lucidez recuperada. A Mamãe Zulmira é quem me fez a bondade de trazer-me até aqui, a fim de afirmar-lhe que as mães nunca morrem. Desejo, entretanto, agradecer à nossa Lelé, o tempo de renúncia total por minha causa. Presa quase ao meu leito, amparando-me a qualquer sinal que eu fizesse.

Querida Lélia, você sabe quanto amo vocês todas. Você, Lelé, Lucíola, Laila e Leny, tanto quanto o nosso Leônidas com a estimada Arlene, estão em meu carinho permanente.

Perdoem-me se nos tempos últimos de minha longa semi-consciência, alguma vez fui áspera em minhas observações. Creio que na velhice do corpo voltamos a ser crianças, por vezes teimosas e choramingas. Aqueles meses de prostração me serviram muito, pois aqui vim a saber que todo aquele tempo de inércia mental me esperaria na vida em que hoje me encontro, caso não tivesse atravessado a prova que me encarcerava no leito.

Lelé, Deus abençoe os seus novos passos. Conheci você, com mais segurança, quando a dor me criou imobilidade que a incomodava tanto. Eu fui a sua criança doente, e a sua doente complicada que o seu carinho tolerava com tanta bondade. Via em seus gestos as lembranças de São Francisco, a quem você consagrou a existência.

Filhas, não me vi liberta de um momento para outro. O meu entendimento estava obscurecido por aquilo que eu considerava por nuvens pesadas e, por isso, não posso precisar a hora exata em que me desligaram do corpo fatigado. Lembro-me que me vi acordando numa outra casa com a minha Mãe Zulmira à cabeceira e com a nossa irmã Filomena a fitar-me de frente. Já conhecia bastante as descrições de amizade, que nos falavam da Vida Espiritual e por isso, embora surpreendida, não me espantei com a atmosfera leve que eu estava respirando e aceitei a presença de minha Mãe e da nossa prezada Filomena por bênçãos de Deus.

Estava eu mesmo, a sentir-me doente, mas fui informada de que estaria em tratamento, por alguns meses, até que o Antenor pudesse me buscar. Nesse recanto, recebi a visita de amigas que eu sempre trouxe no coração: a nossa irmã Esmeralda Bittencourt me cercou de carinho com um grupo de irmãs que faziam comigo, diariamente, o culto do Evangelho de Jesus; a irmã Olímpia Belém, com quem muitas vezes entrei em contato sobre as crianças que ela tutelava; a nossa estimada Dona Gercina veio reconfortar-me, falando-me dos nossos dias de trabalho no nascimento de Goiânia; a nossa irmã Luzia Seabra, de Rio Verde, me fortalecia com expressões de amizade e compreensão; o Villela veio renovar-me as forças em companhia do Alvicto e fiquei feliz ao vê-los juntos.

Tanta gente me brindava com o melhor carinho e, bafejada por essas manifestações de bondade, atravessei tratamentos diversos, até que o Antenor chegasse para renovar a minha felicidade.

Queridas filhas, cheguei a pensar que éramos noivos outra vez e foi com lágrimas de alegria que agradecia a Deus por todas as estradas que atravessamos no mundo. . .

Antenor me conduziu a uma residência nova, em que consegui rever minha irmã Anita, a Madre Otávia e a Irmã Rosa Gorda, do Colégio Santana de Goiás, e tantas alegrias me foram doadas que paro aqui para dizer-lhes, incluindo o nosso Leônidas e as minhas filhas ausentes que, apesar de tantas concessões, as saudades de Mãe não diminuíram.

Filhas queridas, o Antenor que me acompanha e me assiste recomenda-me finalizar esta carta, o que faço com pesar. Saibam vocês todas, filhas queridas, que as amarei sempre, sem me esquecer dos netos, a começar por nossa querida Simone.

Meu carinho a todos.

Querida Lelé, tenho acompanhado a sua nova missão, e peço a Jesus abençoá-la sempre.

Querida Lélia, não a esqueço e continuo rogando a Jesus lhe aumente o ânimo e a fortaleza espiritual, diante da vida.

Com muita confiança em Deus e muita esperança de sabê-las sempre unidas e de saber também que o nosso Leônidas está feliz, reúno-as a todas as filhas queridas e ao meu filho sempre lembrado, e no mesmo abraço em que os retenho junto de meu coração, sou a Mamãe para sempre agradecida,

Nayá.

Nayá S. de Amorim.

Notas e Identificações

1 - *Lélia* — D. Lélia de Amorim Nogueira, filha, residente à Rua 85-A, n.º 53, Apto. 1.101, Setor Sul, Goiânia, GO. Interessante depoimento de sua autoria, sobre a mediunidade de Chico Xavier, integra o livro *Amor e Luz* (F. C. Xavier, Emmanuel, Testemunhos Diversos, R.S. Germinhasi, IDEAL, S. Paulo, pp. 42-49).

2 - *Lelé* — Assim chamada na intimidade, D. Adelaide Siqueira de Amorim, filha de D. Nayá.

3 - *Mamãe Zulmira* — Sua progenitora, desencarnada em 1940.

4 - *Lucíola, Laila e Leny* — filhas.

5 - *Leônidas com a estima Arlene* — Filho e nora.

6 - *Lelé, Deus abençoe os seus novos passos.* (. . .) *Via em seus gestos as lembranças de São Francisco, a quem você consagrou a existência* (. . .) *tenho acompanhado a sua nova missão* — Os novos passos aqui citados referem-se às atividades atuais de sua filha — no momento, é diretora administrativa da Maternidade Dona Íris, um dos órgãos das Legionárias do Bem Estar Social de Goiás —, depois que abandonou o hábito religioso e tornou-se espírita. Na época desse fato houve repercussão de sua decisão, tendo o jornal *Diário da Manhã,* de Goiânia, GO, em sua edição de 31/12/1980, publicado extensa reportagem-entrevista, transcrita pelo *Anuário Espírita 1982* (IDE, Araras, SP, pp. 179-183), do qual reproduziremos alguns tópicos:

"Depois de 31 anos de vida monástica, Adelade Siqueira de Amorim, uma freira franciscana conhecida pelo nome de Irmã Nelly, mudou não só de hábito como também de religião, tornando-se espírita.

Durante muitos anos, Irmã Nelly dirigiu o Colégio Santa Clara, sendo talvez a principal responsável pelo ótimo conceito em que esse educandário era tido até há algum tempo, quando geralmente era apontado como um dos melhores de Goiás. Sempre ligada ao magistério, ela tornou-se, depois, diretora do Colégio Coração Imaculado de Maria, de Itaberaí, onde lecionava matérias como português, latim e francês. (. . .) Pelo relevante trabalho educacional realizado em Itaberaí, GO, a ex-freira Adelaide recebeu os títulos de Cidadania e Benemérita do Ensino em Goiás, do Governo Estadual.

(. . .) a senhora é, hoje, espírita?

— Se ser espírita kardecista — responde a exfreira — é servir a Deus nas criaturas, procurá-Lo e vivenciá-Lo nelas; ir ao encontro do Cristo que se apresenta, velado, nos pobres mais pobres, nos corações desesperados e aflitos, nos doentes de corpo e da alma, nos abandonados, desprezados por todos, até por si mesmos; se ser espírita é socorrer os leprosos; se ser espírita é ser presença de Jesus, ter fé, ser apóstolo, perdoar, receber ofensa com humildade, ver nos humildes sua própria inferioridade, renunciar ao próprio gozo em favor do bem comum; se ser espírita é isto, então eu estou tentando tornar-me espírita, que é o mesmo que ser cristã. A Doutrina Espírita é o Evangelho Redivivo, porque o Espiritismo traz de novo as lições de Jesus."

7 - *irmã Filomena a fitar-me de frente.* — "Dona Filomena, desencarnada em 1968, foi a senhora que morou com meu pai, Antenor, e lhe deu cinco filhos, antes dele se casar com mamãe. Com o casamento, criou-se uma inimizade entre Filomena e mamãe. Mas, graças a Deus,

com o tempo, essa inimizade acabou-se. Antes da desencarnação de Filomena, mamãe sempre a visitava em Pirenópolis. A expressão: 'a fitar-me de frente' nos dá a certeza de que houve compreensão e perdão reais." Informação de D. Lélia.

8 - *Antenor* — Antenor de Amorim, esposo, desencarnado em 1948. Suas cartas mediúnicas fazem parte do livro *Enxugando Lágrimas* (Francisco C. Xavier, Elias Barbosa, Espíritos Diversos, IDE, Araras, SP).

9 - *Esmeralda Bittencourt* — Profa. Esmeralda Campos Bittencourt, amiga, que residia no Rio de Janeiro. Desencarnou em 1963. Organizou quatro livros psicografados por Chico Xavier: *Relicário de Luz, Dicionário da Alma, Cartas do Coração* e *Nosso Livro,* conforme depoimento de sua filha Isabel Bittencourt de Souza no livro *Luz Bendita* (F.C. Xavier, Emmanuel, R.S. Germinhasi, IDEAL, S. Paulo, pp. 45-56). Ramiro Gama, em seu livro *Seareiros da Primeira Hora* (Ed. ECO, Rio, pp. 70-74) dedica várias páginas à memória da Profa. Esmeralda.

10 - *a irmã Olímpia Belém, com quem muitas vezes entrei em contato sobre as crianças que ela tutelava;* — Olímpia Gomes de Souza Belém, amiga que residia no Rio de Janeiro. Desencarnada em 1969. Espírita dedicadíssima, fundou, na Tijuca, o Centro Espírita Discípulos de Jesus e um obra assistencial de amparo à menina órfã e abandonada, hoje chamada "Olímpia Belém". Também foi oradora e escritora, tendo deixado quatro livros publicados, dentre eles dois romances mediúnicos: *Jerusa* e *Dolória.* (Ver *Anuário Espírita 1980,* pp. 147-149; e *Personagens do Espiritismo,* A.S. Lucena e Paulo A. Godoy, ED. FEESP, S. Paulo.)

11 - *Dona Gercina* — Amiga, residia em Goiânia e desencarnou em 1976.

12 - *Luzia Seabra, de Rio Verde* — Amiga, desencarnada em 1964.

13 - *Villela* – Dr. Villela, genro e médico, desencarnado em 1978.

14 - *Alvicto* – Alvicto Osoris Nogueira, genro, foi casado com D. Lélia. Desencarnado em 1967, já enviou carta mediúnica à esposa, que integra o livro *Enxugando Lágrimas.*

15 - *irmã Anita* – Irmã, desencarnada em 1962.

16 - *Madre Otávia e Irmã Rosa Gorda* – Freiras amigas do Colégio Santana, da cidade de Goiás, desencarnadas há muitos anos.

17 - *Simone* – Neta, filha do casal Alvicto e Lélia.

18 - *Nayá Siqueira de Amorim* – Nascida em 11/9/1896, desencarnou a 5/9/1983.

CAPÍTULO 11

NOVAS CONFIDÊNCIAS DE IVINHO

Desde 15 de maio de 1982, quase quatro anos após sua desencarnação, o jovem Ivinho vem mantendo interessante correspondência epistolar com a progenitora, D. Neide, residente em Belo Horizonte, MG, através da psicografia de Chico Xavier.

Essas cartas mediúnicas, já publicadas no Capítulo 4 do livro *Retornaram Contando* (Espíritos Diversos, Francisco C. Xavier, Hércio M.C. Arantes, Ed. IDE, 1a. edição em 1984), retratam sua grande luta interior em busca de uma adaptação no Mundo Maior, luta essa melhor definida na sexta carta, quando ele expôs — após o preâmbulo: "Mas hoje, Mamãe Neide, quero falar-lhe à vontade, sem a pretensão de me esconder." — seus profundos anseios, quase caracterizando uma fixação mental, de namorar, contrair matrimônio e criar filhos. . .

Mais recentemente, na noite de lançamento do citado livro, de sua co-autoria, com a presença de D. Neide, Ivinho escreveu nova carta, com novas confidências, mostrando-se mais feliz e equilibrado emocionalmente, ao encontrar a tão almejada solução para o seu aflitivo problema, como veremos a seguir:

Ivo de Barros Correia Menezes

Querida Mãezinha Neide, abençoe o seu filho melhorado.

Não podia faltar ao nosso encontro.

Venho agradecer em nome do Bernardo e em meu nome, as preces que você e a Vovó Ciaozita fizeram em nosso benefício. Aquelas vibrações de amor materno com que nos envolveram, carreando palavras que valeram por abençoado ensino para nós, chegaram a tempo. Começamos a repensar sobre a nossa situação.

Alguns que me leram as notícias, chegaram a refletir sem articular as expressões com que nos apreciavam:

— O Ivinho e o Bernardo estão em aperto no outro mundo.

E sorriram, criando impressões superficiais sobre o assunto que debati.

Mãezinha Neide, muito grato, porque você me compreendeu e não encontrou motivos para reprovar-nos. Muito pelo contrário, o seu coração passou a palpitar muito mais entranhadamente com o meu, compadecendo-se de nós. Você nos sentiu tal qual nos achávamos, na condição de rapazes inexperientes, desencarnados de improviso, num acidente que, afinal, foi um desastre como tantos.

Entretanto, Bernardo e eu, embora protegidos com segurança, e claramente doutrinados pela Vovó Celeste e pelo Vovô Mário Barros, carregávamos conosco o que atualmente se chama na Terra: "o problema da libido."

Somos jovens e não vimos nada demais em descrever-lhe o tumulto de nossas emoções. Pensávamos em casamento, namoro, noivado, satisfação pessoal e em outras questões satélites, e fomos sinceros ao contar-lhe as necessidades que tínhamos experimentado.

Eu, pelo menos, não achei absurdo confidenciar à

minha querida mãe quanto se passava. Não existe para mim outra pessoa mais habilitada a entender-nos e dirigir-nos pelo melhor caminho. Ainda, assim, os poucos que me leram as páginas, de filho confidente, se mostraram perplexos.

Eu não sei o que acontece a dois moços, quase meninos ainda, que viajassem de inesperado, de alguma cidade brasileira para algum centro da Europa. Será que chegariam lá, sem qualquer impulso afetivo? Atingiriam o alvo de chegada sem pensar na companhia de alguma mulher amiga que lhes fizesse companhia e lhes entretivesse os pensamentos sombrios, decerto saudosos da moradia distante?

Eu não acredito que jovens dessa natureza saíssem homens do Brasil e alcançariam a Europa na condição de santos. O amor é sublimação, mas é também companheirismo e compreensão.

Falei com sinceridade de nossos impulsos frustrados e até o Papai Adalberto achou aquilo esquisito, mas é porque o leitor de uma carta não se coloca no lugar de quem a escreveu e nem mentaliza o ambiente diverso em que essa criatura se encontra.

Muitos jovens dão notícias mas não tocam no assunto, condicionados que se acham nos receios pueris de se analisarem e de se mostrarem como são. Não creio haja feito mal rompendo a barreira do respeito necessário que o assunto requer, mesmo porque não empreguei qualquer recurso pornográfico para tratar de meu ideal de encontrar namoro e casamento no mundo diferente em que estou, mesmo porque, no que me consta, se cumpriram no acidente as Leis de Deus, mas pessoalmente não me lembro de haver pedido para ser despojado de meu corpo, sem possibilidade de estudar as meninas de nosso relacionamento para escolher uma que me atendesse as esperanças.

Fui franco ao contar-lhe que, a princípio, rixei com a Vovó Celeste, declarando que eu queria casar e não ser arrancado à vida terrestre. Vovó Celeste guarda a ternura e o entendimento que encontro em seu carinho maternal, mas, mesmo assim, procuro explicar o meu caso à sua bondade.

Se outros não assimilaram o que eu disse, que esperem largar o corpo para saber melhor, mas me conforta pensar que encontrei eco em sua generosidade, as suas orações nos auxiliaram.

Uma turma de jovens desencarnados nos procurou e nos disseram das vantagens de um grande esporte que excede a eficácia dos remos para a exaustão de forças criativas acumuladas: o esporte do serviço aos semelhantes, o esporte da caridade para a qual as suas preces e as preces da Vovó Ciaozita nos encaminharam.

E a verdade é que o Bernardo e eu alcançamos melhoras positivas. Estamos reanimados. E olhe, Mãezinha Neide, que a caridade é muito difícil de ser praticada. A gente derrama largas doses de amor para atingir corações e aliviar pessoas.

Estamos agindo e melhorando. O Vovô Mário nos incentiva e vamos encontrando novos caminhos. Já possuo vários casos de grande beleza em que conseguimos extinguir os propósitos de aborto em muitas mãezinhas portadoras de excelente saúde; já recolhemos o sorriso de muitas crianças que sorriem para nós depois de recém-nascidos, sem que os pais saibam que elas, embora semi-conscientes, estão entremostrando alegria de haver renascido; temos visitado muitas enfermarias de companheiros chamados indigentes, que preferem sofrer a deixar o corpo desfigurado e a caminho do repouso final; em muitas ocasiões temos promovido alimento para viajantes extenuados. . .

Mas não estamos prosando com palavras vagas. Estamos dando as nossas melhores notícias. Com a beneficência em ação, quase que já me esqueci de mim mesmo, porque nesse serviço, a criatura assistida fica sempre com um pouco de nossos sentimentos e nós passamos a carregar sentimentos dessa mesma criatura, na qualidade de cooperadores da assistência.

Creio que essas notícias alegrar-lhe-ão a alma querida, dedicada ao bem de nós todos. Maria Ângela e Júnior observarão que a mudança benéfica nos atingiu e que estamos sob novos padrões de vivência espiritual. Meu pai certamente se fará mais contente, imaginando que houve uma transfiguração muito grande em nossos espíritos. E Bernardo e eu lhe transmitimos o agradecimento, inclusive à Vovó Ciaozita, pelo benefício das preces e das exortações que nos enviaram em silêncio.

Mãe querida, para o seu coração os melhores pensamentos, agora emoldurados de alegria e de paz. Muitas lembranças a todos os nossos corações queridos e perdoe se voltei aos mesmos assuntos de afetividade, agora não frustrada, mas remediada sem necessidade de nos doparmos em anestésicos.

Querida Mãezinha Neide, conte à Vovó quanto lhe somos agradecidos e receba muitos beijos de seu filho que deseja recuperar a limpeza de coração com a qual saiu de seus braços, em nome de Deus.

Com muito carinho e muito amor de seu filho e companheiro de sempre,

Ivinho.

Notas e Identificações

1 - Carta recebida pelo médium Francisco C. Xavier, em reunião pública do GEP, Uberaba, a 13/10/1984.

2 - *Mãezinha Neide* — D. Neide de Barros Correia Menezes, esposa do Sr. Adalberto Guimarães Menezes, residentes em Belo Horizonte, MG, à Rua Herculano de Freitas, 1179/201, Gutierrez.

3 - *Bernardo* — Bernardo Vieira Maciel, desencarnado a 26/11/1978, no local do mesmo acidente automobilístico que vitimou Ivinho, seu amigo.

4 - *Vovó Ciaozita* — Ciaozita Rabelo, avó materna.

5 - *Vovó Celeste* — Maria Celeste de Barros Correia, bisavó, desencarnada em 1955.

6 - *Vovô Mário Barros* — Avô materno, desencarnado em Recife, PE, a 19/6/1970.

7 - *carregávamos conosco o (. . .) "problema da libido". (. . .) meu ideal de encontrar namoro e casamento no mundo diferente em que estou. (. . .) perdoem se voltei aos mesmos assuntos de afetividade, agora não frustrada, mas remediada sem necessidade de nos doparmos em anestésicos.* — O Espírito de André Luiz desenvolve este palpitante tema em alguns de seus livros, especialmente no *Evolução em Dois Mundos* (Cap. 10 e 11 da Segunda Parte) e *E a Vida Continua. . .* (F. C. Xavier, FEB, Cap. 14); bem como na entrevista concedida aos diretores do *Anuário Espírita,* pela psicografia de Francisco C. Xavier e Waldo Vieira, e publicada às págs. 30/39 do n.º 1 desse periódico, edição *1964,* ed. IDE.

8 - *Maria Ângela e Júnior* — Irmãos.

9 - *Ivinho* — Ivo de Barros Correia Menezes nasceu em Recife, a 1.º/1/1960, e desencarnou em Belo Horizonte, a 28/11/1978, dois dias após sofrer um acidente automobilístico. Cursava o 1.º ano de Engenharia Mecânica da Universidade de Minas Gerais.

CAPÍTULO 12

ESCOLA JESUS CRISTO – NA TERRA E NO ALÉM

Acometido de mal súbito, Clovis Tavares, valoroso batalhador da seara espírita, foi conduzido com urgência à Santa Casa de Misericórdia da cidade fluminense de Campos. Lá chegando, após consulta clínica inicial, o encaminharam ao Serviço de RX, onde, ao ser colocado à mesa de exame, sofreu parada cardíaca irreversível. Eram 17 h. e 50 min. do dia 13 de abril de 1984.

O nosso estimado confrade, além de Professor de História e de Direito Internacional Público, destacou-se como Jornalista e Escritor de grandes méritos.

Com perseverança admirável, atuou no setor assistencial, sendo fundador da Escola Jesus Cristo (Instituição Espírita de Cultura e Caridade), de Campos, e seu diretor doutrinário desde a fundação, em 1935; no jornalismo, colaborou sempre com vários periódicos espíritas; e na literatura, deixou-nos obras preciosas, tais como: "Vida de Allan Kardec para as Crianças", "Amor e Sabedoria de Emmanuel", "Trinta Anos com Chico Xavier".

Agora, sete meses após sua desencarnação, temos

Prof. Clovis Tavares

Clovis Tavares de volta. Sim, pela psicografia de Chico Xavier, seu dileto amigo, ele escreveu longa carta aos entes queridos, na qual destacamos alguns pontos altos, tais como: sua experiência na Grande Viagem; o reencontro emocionante com o filho Carlinhos, e a visita feliz a uma Instituição similar àquela que fundou na Terra, com o mesmo nome, localizada numa cidade do Plano Espiritual, onde se reencontrou com um grupo numeroso de queridos companheiros, que atuaram, quando encarnados, no movimento espírita campista.

A seguir, a esclarecedora carta do Professor Clovis:

Querida Hilda, o Senhor nos inspire e abençoe.

É uma experiência nova. Falar de uma vida para outra.

Desejo esvaziar o coração, exteriorizando as saudades que me povoam a alma convalescente, mas as expressões me fogem da lembrança. Quero retomar a memória; no entanto, sinto-me na condição do cego devolvido à luz, ainda hesitando entre a sombra e a claridade. Perdoem-me se falo assim, mas não posso manifestar-me de outro modo.

Rearticulo as estruturas de minhas reminiscências do passado ainda presente, no hoje ligado ao ontem, e noto as diferenças que se operaram adentro de mim.

Torno a ver você pálida e espantada, a receber-me em seu colo, para que a minha cabeça repousasse. Refletia a consternação do ambiente e procurei em seus olhos e nos olhos do Flavinho algum esclarecimento que me habilitasse a compreensão para a realidade.

Não esperávamos que uma radiografia considerada simples pudesse estar próxima da parada que me fibrilou o coração. Buscava em você e no Flávio algo que me falasse, conquanto em silêncio, mas o corpo se via na condição da máquina cujo motor esmorecera. Compreendi, na oração muda que consegui formular, que o tempo me demitia da sua própria movimentação, entregando-me ao tempo de outro nível.

Sabia que o desamparo não existe e me rendi aos desígnios do Senhor, conquanto no íntimo quisesse persistir na tarefa. Era o fim de uma estrada para o reencontro de outra. Aqueles momentos breves me pareceram longas faixas de horas que eu não saberia contar. Notei que, embora hirto, no peito, o meu coração permanecia ligado a você e aos nossos filhos com estranha força. As lágrimas me subiram do íntimo para os olhos, quais mensageiras de minhas primeiras notícias; entretanto, eu não poderia escrever com elas tudo o que desejava dizer a você. Os meus agradecimentos se confundiam com as ansiedades que me tomavam de assalto.

Conquanto sentisse, desde alguns dias, a presença de pensamentos que me induziam a refletir no término de minha oportunidade na Terra, lutava contra a idéia de desistência. Afinal, você e eu estávamos em plenitude de trabalho e realização, nossos filhos iniciando a jornada no mundo e um enorme acervo de tarefas para nós inevitáveis. Ainda assim, era preciso dobrar a cerviz e aceitar os alvitres da Espiritualidade Maior que me chamavam a novos encargos.

Creia que não me foi fácil cerrar os olhos que eu mantinha acesos na ânsia de prosseguir vivendo, de modo a compartilharmos de todas as alegrias e vicissitudes que a experiência humana me pudesse ofertar. Percebi que as suas lágrimas me borrifavam o rosto e me conscientizei, de imediato, quanto às novas lutas que seríamos induzidos a facear.

Meu sono foi rápido. Quando me vi em outro recinto, notei que um rapaz me sustentava a cabeça, qual se lhe imitasse o carinho. Quando reconheci que me achava nos braços fortes de nosso Carlinhos, agora um homem vigoroso, senti que reencontrara não o nosso filho que aprendemos a amar tanto, e sim o aconchego da dedicação de um pai que me houvesse retirado de sua ternura de companheira para encaminhar-me com segurança.

O pranto me sufocou a garganta e não pude senão dizer: – "Ah! meu filho!"

Ele me colou mais extensamente ao peito viril, na idéia manifesta de fortalecer-me para a vida nova e observei que em nossa Escola querida encontráramos um novo berço de paz e amor. Chorei intensamente, dando vazão aos meus sentimentos; no entanto, Papai Vicente e os manos Aluízio e Nuno me ampararam, garantindo-me o impulso de me reerguer. . .

Não consegui verticalizar-me naquela hora; entretanto, antes que a minha roupa estragada pela morte fosse restituída à natureza, fui conduzido para fora do recinto que a amizade povoara de corações amigos e entes queridos. . . Os irmãos Aluízio e Nuno me deram as mãos e senti-me novamente leve, à maneira de ave que ensaia os primeiros vôos, depois de reconhecer sua própria capacidade de volitação, e um leve torpor me induziu ao sono que senti como se estivesse à procura de pouso para o meu espírito inquieto.

De que modo viajei ao lado de Aluízio e do Nuno, sinceramente ainda não sei, mas a verdade é que, findo o ligeiro descanso, achava-me em companhia de meu pai e meus irmãos, que me aguardavam o refazimento e comecei o reavivamento dos meus conhecimentos e aptidões para o trabalho que se me reservasse. O abatimento que me invadira todos os recantos do corpo dominava o campo dos meus pensamentos. . .

Dias passaram sobre dias, até que eu pudesse identificar-me plenamente reintegrado em mim mesmo; no entanto, chegou o momento de revê-la, abraçar nossos filhos queridos e distribuir o meu afeto com irmãos de jornada em nossa Escola.

Certifiquei-me de que o nosso Rubens assumira o governo de nossa instituição e isso tranqüilizou-me.

As nossas recordações associadas umas às outras apresentavam largas somas de lágrimas; contudo, era preciso refazer a vida e repetir por dentro de mim as inesquecíveis palavras de Josué: "Eu e a minha casa serviremos ao Senhor". Um novo caminho me buscou o espírito, cansado de perguntar, e rendi-me aos desígnios do Divino Mestre que me chamava para o trabalho ativo.

Meus dias se desdobravam nessas bases — saudades e tentames de ação edificante entre os dois mundos. Em companhia de familiares esperava as decisões que me fossem apresentadas pelos Mentores da Espiritualidade, a que nos subordinamos, quando agora, em outubro findo, fui convidado a visitar pela primeira vez a Escola Jesus Cristo do Plano Espiritual, que funciona em sintonia com a nossa Escola de Campos. Em companhia do Aluízio e do Nuno, fui à reunião pública pela primeira vez. Tive conhecimento de que a instituição fora fundada por Nina, há quarenta e nove anos, e que estaria crescendo em serviço na Vida Maior.

Timidamente, solicitei dos irmãos, pudesse, de minha parte, ganhar acesso à reunião, depois que a penumbra envolvesse todos os companheiros ali presentes, porque me sentia inadaptado e sem mérito algum para ser apresentado à pequena comunidade que ali se reunia. . . Entramos, ocupando três lugares que se enfileiravam.

Com surpresa, reconheci que o nosso amigo Virgílio de Paula era o regente do conjunto de preces que ali se dedicava às irradiações protetoras, em favor dos irmãos em maioria ainda convalescentes, ligados à instituição e arredores. A prece de nosso venerável irmão me tocou as fibras mais íntimas do sentimento. Ao término da alocução plena de amor que endereçava ao Senhor Jesus, comunicou à assembléia que, naquela noite, a Escola abrigava um novo companheiro que se vira afastado das tarefas no Plano Físico.

Até ali tudo seguia normalmente, mas quando meu pobre nome foi pronunciado, a luz se fez total no recinto e uma explosão de lágrimas me banhou a face. Terminara a realização da noite e os amigos vieram ao meu encontro. Achava-me atônito como se não estivesse perante à verdade e sim no campo dos sonhos, quando se aproximaram de mim o nosso Virgílio, que me ofertava os braços abertos; os nossos irmãos Marcolino Sudário do Amaral e o Dr. Alfeu Gomes, pioneiros de nossa Doutrina no mundo abençoado de Campos; o irmão Francisco Muylaert; antigos participantes de nossas reuniões primitivas na Rua do Mafra; amigos do Grupo João Batista; os nossos amigos Inocêncio Noronha e D. Maria Cesarina; os nossos companheiros Aurino Tavares, Ceciliano, Belarmino Neves, João de Deus, que me lançava a bênção paternal; Antônio Pedro Nolasco; nossa inesquecível Dona Mariquinhas; Dona Petite; Amaro Costa Pinto; Auta de Souza, que me enlaçou com a ternura das mães abençoadas de Deus; os nossos amigos Ramiro Viana, Brasilino, Dona Maria da Conceição e até a Elzinha França, alicerce de nosso instituto, ali estava, ao lado de muitos irmãos outros que me acolhiam comovidos; Sr. Otávio e Dr. Rômulo Joviano me enlaçaram fraternalmente e não pude mais conter o pranto do servidor que regressava ao Grande Lar, de mãos vazias. . .

Este é um detalhe que transmito a você e conseqüentemente aos nossos filhos queridos, Flavinho, Luisinho, Margaridinha e Celsinho, esperando em Jesus que todos se conscientizem das nobres tarefas de que se acham investidos.

Peço ao nosso Rubens sustentar com firmeza de ânimo o nosso plano de trabalho, sem inovações e aventuras marginais que tantas vezes abalam os serviços doutrinários sem qualquer justificação.

A Escola Jesus Cristo é para nós uma bandeira que nos honra a existência aí no Plano Físico e no Plano Espiritual, e não podemos esquecer a afirmativa do Apóstolo Paulo, quando nos assevera: "Jesus Cristo é o vencedor de ontem, de hoje e para sempre".

O mundo está agitado por lamentáveis convulsões de orgulho e vaidade que não sabemos em que calamidade terrestre se modificarão, e carregamos conosco o pendão do Evangelho que está muito longe de ser ultrapassado.

Querida Hildinha, sofro a nossa separação temporária, mas peço-lhe coragem e fé imbatível na Divina Misericórdia. Saudades tê-las-emos sempre. Aí chorava pelos que me precederam e aqui me aflijo pelos que ficaram. Creio que a saudade é o metro do amor, determinando os valores da evolução, já assimilados na vida de cada um de nós, e só pelo trabalho com a oração, venceremos. Unimo-nos aí para o desempenho de missão determinada. Esta incumbência segue em meio, conhecendo quanto lhe dói a ausência do companheiro, por vezes áspero e exigente, mas sempre leal e sincero. Não tema. O Senhor nos guiará para os caminhos de que necessitamos.

Muitos amigos que esperava reencontrar aqui estão aí recorporificados na Terra e por isso mesmo entendo que me cabe trabalhar mais e servir mais para merecer, de futuro, o reencontro com seu coração querido e com todos aqueles que se nos fazem objeto da maior afeição.

Agradeço aos companheiros que nos partilham o intercâmbio desta hora e formulo votos a Jesus pela saúde e paz, alegria de viver e bom ânimo para servir – dons de Deus que desejo a todos. De outros parentes e amigos traremos notícias oportunamente.

Agradeço ao nosso Rubens e a nossa estimada Suzana quanto fizeram nas lembranças de aniversário de nossa querida Escola. Sou grato a todos, sem especificar nomes, pela dificuldade de memorizá-los, o que me faria cair na omissão sempre indesejável.

A você, querida Hildinha, agradeço a dedicação aos encargos da Escola. Assiduidade e perseverança são estradas para o êxito nos empreendimentos que venhamos a abraçar. A sua presença na Escola é a minha própria presença.

Agradeço ao Flavinho a generosidade da companhia que se decidiu a fazer-nos e, porque não posso ser mais extenso, receba, querida Hilda, o próprio coração do seu pobre servidor e companheiro de ideal, sempre pobre, mas sempre seu

Clovis.

Notas e Identificações

1 - Carta psicografada por Francisco C. Xavier, em reunião íntima realizada na residência do médium, em Uberaba, MG, na noite de 29/11/1984, estando presentes: Hilda Mussa Tavares, Rubens Fernandes Carneiro, Nely Fernandes, Suzana Maia Mousinho, Inaiá Lacerda, Weatker Batista e Zilda Batista.

2 - *Hilda* – Profa. Hilda Mussa Tavares, esposa, cooperadora na Escola Jesus Cristo (EJC), residente em Campos, RJ, à Rua Benta Pereira, 112. Seu valioso depoimento sobre a mediunidade de Chico Xavier integra o

Escola Jesus Cristo, Instituição Espírita de Cultura e Caridade, de Campos, RJ, fundada em 1935.

livro *Luz Bendita* (F.C. Xavier, Emmanuel, Testemunhos Diversos, Rubens S. Germinhasi, IDEAL, S. Paulo, SP, pp. 65-72).

3 - *Flavinho* — Dr. Flávio Mussa Tavares, filho do casal, médico e cooperador na EJC.

4 - *Conquanto sentisse, desde alguns dias, a presença de pensamentos que me induziam a refletir no término de minha oportunidade na Terra, lutava contra a idéia de desistência.* — Como vemos, dias antes da desencarnação, Benfeitores Amigos já preparavam, com intuições premonitórias, o Espírito de Clovis para a Grande Mudança.

5 - *Carlinhos* — Carlos Vítor Mussa Tavares, primogênito do casal. Desencarnou a 10/2/73, após 17 anos de abnegado sofrimento. Pela psicografia de Chico Xavier, já enviou seis poesias de notável beleza e espiritualidade, sendo a primeira divulgada nos livros *Entre Duas Vidas* (F.C. Xavier, Elias Barbosa, Espíritos Diversos, CEC, Uberaba) e *Tempo e Amor* (F. C. Xavier, Clovis Tavares, Espíritos Diversos, IDE, Araras, SP).

6 - *Escola querida* — Escola Jesus Cristo, instituição fundada por Clovis Tavares, sob inspiração espiritual de Nina Arueira, em 27/10/1935. Com sede própria à Rua dos Goitacases, n.º 177, em Campos, RJ, essa Instituição Espírita de Cultura e Caridade mantém os seguintes Departamentos e Serviços: Cenáculo de Lívia, Círculo de Oração Filipe Uébe, Coordenadoria das Equipes de Serviço, Coral Virgílio Paula, Creche Salvadora Assis, Culto de Assistência, Departamento de Assistência aos Necessitados, Departamento de Ensino, Departamento Feminino, Departamento Jurídico, Departamento Médico, Escolas Filiais (nos Bairros), Grupo Emmanuel, Livraria Cícero Pereira, Mocidade Espírita Maria Zenith Pessanha, Museu de Ciro, Serviço de Manutenção, Reparos e Vigilância.

7 - *Papai Vicente* — Vicente Vasconcelos Tavares, pai, desencarnado em 3/11/1959.

8 - *Aluízio* — Aluízio Tavares, irmão, desencarnado em 22/10/1961.

9 - *Nuno* — Nuno Tavares, irmão, desencarnado em 26/11/1976.

10 - *Rubens* — Dr. Rubens Fernandes Carneiro, advogado, Presidente da EJC e seu atual Diretor Doutrinário.

11 - *inesquecíveis palavras de Josué* — Josué, 24: 15, versículo muito amado e sempre lembrado por Clovis, que o mantinha na entrada de sua residência.

12 - *Escola Jesus Cristo do Plano Espiritual* — Após escrever sua carta, Clovis explicou ao médium Chico Xavier que esta Instituição fica situada na cidade "Nosso Lar", quase na ponta da estrela que corresponde ao Ministério do Auxílio. Em torno da Escola existem muitas residências destinadas àqueles que nela trabalham. Complementando este esclarecimento, D. Hilda Tavares escreveu-nos, em atenciosa carta: "Chico marcou para mim no mapa do plano piloto da cidade "Nosso Lar", do livro *Cidade no Além,* o lugar exato onde está localizada a Escola, revelando-nos que a tarefa lá é muito grande, com particularidade também de educar, além da assistência incansável a que se dedica." (Ver *Nosso Lar,* F.C. Xavier, André Luiz, FEB e *Cidade no Além,* F.C. Xavier, Heigorina Cunha, Espíritos André Luiz e Lucius, IDE)

13 - *Tive conhecimento de que a instituição fora fundada por Nina, há quarenta e nove anos* — Nina Arueira, noiva de Clovis Tavares, desencarnou aos 19 anos, em 18/3/1935, tendo escrito uma novela inédita, *Yanur,* e o livro *Terceiro Milênio,* hoje esgotado. Pela psicografia de Chico Xavier, já enviou belas mensagens, publicadas nos livros: *Cartas do Coração, Dicionário da Alma* e

Tempo e Amor. Foi a fundadora espiritual da Escola Jesus Cristo. Observa-se que ambas as Instituições, na Terra e no Além, foram fundadas no mesmo ano.

14 - *Virgílio de Paula* — Amigo de Clovis, 1.º Presidente da EJC, foi também um dos maiores amigos de Nina Arueira, em cuja residência ela desencarnou. Hoje dá nome ao Coral da Mocidade dessa Escola. Desencarnou em 7/2/1960.

15 - *Marcolino Sudário do Amaral* — Precursor dos estudos espíritas em Campos, fundou, em 1880, a "Sociedade Campista de Estudos Espíritas".

16 - *Dr. Alfeu Gomes* — Médico, pioneiro do Espiritismo em Campos, escreveu o livro *Amor a Verdade.*

17 - *Francisco Muylaert* — Também pioneiro do Espiritismo em Campos, foi co-fundador da "Sociedade Campista de Estudos Espíritas".

18 - *Rua do Mafra* — Rua onde se localizou, primitivamente, a EJC, então Escola Infantil Jesus Cristo, na residência de D. Didi (D. Maria Madalena Oliveira), mãe de Nina Arueira.

19 - Grupo João Batista — Onde Clovis iniciou sua tarefa espírita em Campos. Posteriormente, esse Grupo integrou-se à EJC, então recém-fundada por Clovis Tavares.

20 - *Inocêncio Noronha* — Colaborador da EJC desde a sua fundação, até a sua desencarnação em 13/3/1968.

21 - *D. Maria Cesarina* — Esposa de Inocêncio Noronha, também colaboradora da Escola.

22 - *Aurino Tavares* — Aurino Tavares da Silva, Guarda Municipal em Campos, foi um dos primeiros cooperadores da EJC. Desencarnado em 6/9/1952.

23 - *Ceciliano* — Ceciliano de Paula Moreira, antigo companheiro da EJC.

24 - *Belarmino Neves* — Belarmino Gomes Neves participou do Grupo João Batista.

25 - *João de Deus* — (1830-1896) — Renomado poeta português, é um dos Mentores Espirituais da EJC. Pela psicografia de Chico Xavier escreveu: *Jardim da Infância* (FEB) e belas páginas poéticas incluídas em vários livros, tais como: *Parnaso de Além-Túmulo* (FEB), *Poetas Redivivos* (FEB), *Tempo e Amor* (IDE).

26 - *Antônio Pedro Nolasco* — Foi cooperador da EJC. Seus filhos militam no Espiritismo em S. Fidélis e Niterói, cidades fluminenses.

27 - *Dona Mariquinhas* — D. Maria dos Anjos, portuguesa, incansável cooperadora da EJC foi uma das fundadoras do Serviço da Sopa e da Costura dos Pobres. Desencarnada em 11/7/1983.

28 - *Dona Petite* — D. Antônia Ribeiro Bueno, inesquecível cooperadora da EJC, desencarnada em 15/5/1969.

29 - *Amaro Costa Pinto* — Mais um valoroso cooperador na Escola em sua primeira hora.

30 - *Auta de Souza* — (1876-1901) — Poetisa norte-riograndense, deixou um livro, *Horto,* prefaciado por Olavo Bilac e Tristão de Ataíde. Pela psicografia de Chico Xavier, seu Espírito já escreveu numerosas páginas poéticas de sublime espiritualidade, publicadas em vários livros, sendo *Auta de Souza* (IDE) uma obra parcialmente antológica, organizada por Clovis Tavares.

31 - *Ramiro Viana* — Ramiro Martin Viana, outro companheiro do início da EJC. Fundou o Grupo Allan Kardec, em Campos. Desencarnou em 26/7/1981. Suas

três primeiras cartas, enviadas pelo médium Chico Xavier, integram o livro *Tempo e Amor* (IDE).

32 - *Brasilino* — Brasilino Soares, diretor da Escola Apóstolo André, em Atafona, RJ, filial da EJC, desencarnado em 5/7/1967.

33 - *Dona Maria da Conceição* — Residiu em Pedro Leopoldo, MG, berço de Chico Xavier, visitada por Clovis toda vez que ia a esta cidade, juntamente com Chico. Morava num bairro pobre chamado Lapinha. (Ver *Trinta Anos com Chico Xavier*)

34 - *Elzinha França* — Este espírito é a mesma criança recém-nascida encontrada em uma favela, pelos jovens da Mocidade Espírita de Campos (da EJC), e que veio a desencarnar alguns dias mais tarde, apesar dos cuidados de médicos e amigos, inclusive de Clovis. Passou a ser a patrona das aulas de Evangelho para crianças na Escola. Foi posteriormente identificada pela mediunidade de Chico Xavier como um espírito de luz.

35 - *Sr. Otávio — Otávio Chrisóstomo de Oliveira,* companheiro e benfeitor da EJC, desencarnado em 14/1/1965.

36 - *Dr. Rômulo Joviano* — Administrador da Fazenda Modelo, em Pedro Leopoldo, onde Chico Xavier trabalhou sob sua chefia. Confrade e amigo de Clovis.

37 - *Luisinho, Margaridinha e Celsinho* — Luís Alberto, médico; Margarida Maria Tavares Gomes, arquiteta; e Celso Vicente, professor de História — todos cooperadores da EJC.

38 - *"Jesus Cristo é o vencedor de ontem, de hoje e para sempre" — Hebreus,* 13:8, tema de uma das últimas pregações de Clovis.

39 - *Suzana* — Suzana Maia Mousinho, confreira

do Rio de Janeiro, sempre convidada pelo Clovis para as comemorações de aniversário da Escola.

40 - *Clovis* — Sebastião Clovis Tavares, nasceu em Campos, RJ, a 20/1/1915. Embora diplomado em advocacia, pela Faculdade Nacional de Direito, em toda sua vida dedicou-se ao magistério. Autor dos livros: *Sementeira Cristã* (3 volumes), FEB; *Vida de João Batista,* Ed. do G. E. João Batista, de Campos; *Os Dez Mandamentos,* LAKE; *Vida de Pietro Ubaldi,* LAKE; *Histórias que Jesus contou,* LAKE; *Vida de Allan Kardec para as Crianças,* LAKE; *Meu Livrinho de Orações,* LAKE; *Trinta Anos com Chico Xavier,* IDE; *Amor e Sabedoria de Emmanuel,* IDE; *Tempo e Amor* (em co-autoria com Francisco C. Xavier e Espíritos Diversos), IDE; e *De Jesus para os que Sofrem,* IDE. Ainda não editados: *Didática do Evangelho* e *Mediunidade dos Santos.* Traduziu diversos livros de Pietro Ubaldi, entre os quais: *Grandes Mensagens, As Noúres, Ascese Mística.*

41 - DEPOIMENTO DA FAMÍLIA — Esta carta mediúnica foi divulgada pelos familiares do Prof. Clovis, em impresso bem confeccionado, que apresentou notas explicativas, nas quais, com a devida e gentil autorização deles, nos baseamos para elaborar estas "Notas e Identificações". Ao identificar Chico Xavier, a família prestou este expressivo depoimento:

"Francisco Cândido Xavier, amigo íntimo de Clovis, desde 1935, presidente honorário da Escola Jesus Cristo, consagrado médium de nosso país e cuja amizade a Clovis transcende o plano físico, o tempo e alcança os horizontes ilimitados da eternidade.

Nossos corações voltados para Deus rogam ao Senhor Supremo que conceda ao nosso Chico as bênçãos de Seu Amor pela mediunidade-missão que vem vivendo há mais de 50 anos e pela autenticidade que, nós familiares de Clovis, confirmamos estar envolvendo todo o teor da mensagem ora publicada. As palavras, a construção das frases, com propriedade e humildade, as recomendações sempre oportunas, o amor e a obediência a Jesus e a fidelidade à Doutrina, que marcaram a existência de Clovis, transparentes na mensagem recebida por Chico, confirmam sua veracidade. Os nomes históricos, as circunstâncias da desencarnação que Chico desconhecia, os últimos momentos na Terra, tudo isso nos tocou profundamente, como não poderia deixar de ser e a Escola Jesus Cristo hoje, apesar da ausência de nosso orientador, se ajoelha diante do Mestre para rogar por Chico e por Clovis as bênçãos da alegria do dever bem cumprido. Como Clovis mesmo dizia: "Eu sei em quem tenho crido e guardo a certeza de que Ele é poderoso para guardar o meu depósito até o dia final." (Paulo- II Timóteo, 1:12.)

TEMAS DE ESTUDO DOUTRINÁRIO *

* Relacionamos neste Apêndice os temas abordados nas cartas mediúnicas que compõem este livro, de maior interesse para os estudiosos da Doutrina Espírita, indicando, à frente dos mesmos, os Capítulos correspondentes. — *Nota do organizador.*